Je t'ai choisie

Stéphanie Pruvot-Tréguier

La nouvelle lauréate du Premier Prix

Poison, prison, libération

Xavier Corman

La nouvelle lauréate du Second Prix

Et 20 récits lauréats du Prix Pampelune 2024

© 2024 Pascale Leconte.
Édition : BoD - Books on Demand, info@bod.fr
Impression : BoD – Books on Demand,
In de Tarpen 42, Norderstedt (Allemagne)
Impression à la demande
ISBN : 978-2-3225-2371-9
Dépôt légal : Avril 2024.

Stéphanie Pruvot-Tréguier
Xavier Corman
Lorraine Humbert
Frédéric Audras
Léonie Brun
Mélina Baffou
Jean Michy
Camille Doucet
Jade Bangoura
Adrien Guillaumont
Sylvain Reybaut
Anaïs Picard
Christophe Gauthier
Baptiste Lerner
Yves Bourny
Isabelle Peyron
Magali François
Anthony Havret
Michel-Henri Balla
Janine Jacquel
Soledad Lida
Timothy Lombard Kirch

Le jury de l'édition 2024 est composé de :

Ségolène Tortat
Martin Trystram
Pascale Leconte

Correction : **Ségolène Tortat**
Couverture et mise en page : **Pascale Leconte**

Le Prix Pampelune est organisé
par l'auteure Pascale Leconte.

La nouvelle lauréate du Premier Prix

Je t'ai choisie

Stéphanie Pruvot-Tréguier

Maman chérie formidable adorée pour toute ma vie, sache que je t'ai choisie.
Sur l'ordinateur des graines, j'ai cliqué sur toi, puis j'ai dit :
— C'est elle que je veux !
Il y en avait d'autres qui voulaient jeter leur dévolu sur toi. J'ai été la plus rapide.

Je t'ai choisie pour être ma maman dans cette future nouvelle vie qui m'attend.
Je t'ai déjà connue dans une autre vie. Mais tu ne le sauras pas et je vais l'oublier bientôt.
Nous en garderons toujours une forte intuition. Un lien fusionnel. L'impression familière de se retrouver après une longue séparation. D'être entières enfin, et complètes. D'être réunies.
Et ces mots qu'on se glissera à l'oreille « tu es mon univers ».
Tu vas m'accompagner dans cette nouvelle vie sur Terre.
Une joie mêlée d'appréhension me traverse.

Je te regarde vivre. Je me sens bien avec toi.
Mais pour que je puisse venir, il faut d'abord que tu rencontres le bon papa pour moi.

Un jour, il est venu. Vous vous étiez déjà croisés auparavant. Au même endroit, au même moment, au moins deux fois sans vous rencontrer. Vous n'étiez pas encore disponibles l'un pour l'autre.
Vos « âmes » aussi se connaissent déjà. Vous l'avez ressenti quand vous vous êtes serrés l'un contre l'autre pour la première fois. Bien qu'il soit plutôt rationnel, mon futur papa te dit souvent que tu es une vieille âme. Toi tu as deviné que vous vous étiez déjà aimés très fort, dans un ailleurs, un avant, une autre vie.
Ici, on dit que vous vous êtes reconnus.
Maman, je suis contente que tu aies choisi ce papa-là.

Il a déjà des enfants mon futur papa.
Il y a plusieurs vies dans une vie.
Toi, tu ne veux pas d'enfant.
Pourtant j'ai envie de venir. Et j'ai envie que ce soit toi.

Je vous regarde vivre. Je me sens bien avec vous.
Mais je vais mettre dix ans à prendre corps.
À venir m'amarrer à ton port, m'inviter. Renaître ici. À la vie. En toi.
J'ai dû utiliser des stratagèmes pour que tu ne manques pas ce rendez-vous avec moi-même, avec toi m'aimes.

Désormais cela fait plusieurs années que vous vivez ensemble. Dans une vieille maison tranquille à la chaleur orange. Habitée d'êtres invisibles et paisibles qui veillent.

Tu accueilles régulièrement les enfants de Papa. Tu découvres que tu l'aimes aussi dans ce rôle-là. Tu réfléchis souvent au fait d'avoir un enfant, mais tu es persuadée que cela n'est pas fait pour toi. Même si c'est un peu frustrant : belle-maman c'est pas maman.

Mais tu penses que la Terre est déjà bien assez peuplée. Que tu entends le souffle du monde, son appel, son désarroi, mais tu ne peux rien y faire. Tu as mal pour cette Mère.
Tu n'es pas sûre de vouloir faire naître un enfant dans ce monde-là.
Tu n'as pas confiance en l'humanité. Tu ne veux pas reproduire l'espèce humaine.
Et tu as peur. Immensément. De porter la vie. De donner naissance. Ce grand chamboulement, ce tsunami, ce raz-de-marée qui t'emporte et te porte au-delà de ce que tu ne peux même pas imaginer.
Tu aimes ta vie et elle est tellement remplie qu'il ne semble pas y avoir de place pour un enfant. L'amour prend de la place.
Mais tu apprendras qu'on s'adapte, on priorise, on fait autrement, on remet à plus tard.
Comme tes poèmes qui soupirent sous la poussière de ton piano.
Comme tes cartons qui attendront d'être ouverts dans la

nouvelle maison.

Un éclat de vers sous un éclair de lune que tu essuieras d'un revers de rêves.

Et tu redécouvriras ce que c'est de vivre au présent.

Mais tu as peur. Et cette peur t'entrave.

Tu crois que tes décisions ou indécisions sont prises en toute conscience.

Mais tes choix ne sont pas vraiment tes choix. Ils découlent de ceux qui t'ont précédée. Tu es le fruit de tes aïeux. Tu es étroitement liée à leur histoire.

Tu imagines que tu es libre, mais tu as des chaînes invisibles.

Tu penses que c'est toi qui choisis de ne pas avoir d'enfant pourtant tu y penses tout le temps.

Tu n'expliques pas pourquoi maternité et mort te semblent liées.

Tu ne sais pas encore que tu portes en toi le poids de la perte d'un enfant à la naissance il y a plusieurs générations. Pas toi, une femme d'avant. Avant ta mère, avant ta grand-mère, avant ton arrière-grand-mère.

Tu n'as pas conscience que tu as intégré en toi cette histoire. Que tu vis cette histoire en toute inconscience.

Il est pourtant lourd à porter ce manteau invisible tricoté de chagrin.

Tu ne sais pas encore que je suis déjà là. Que tu n'es plus seule.

Il ne s'agit pas que de toi, de ta vie, de ta peur. Tu dois

dépasser ces croyances limitantes. Ces croyances qui t'entravent et t'empêchent d'exprimer pleinement ce que tu es, ta maternité, de porter l'amour et sentir vibrer la Vie.
Que tu seras mon oxygène, mais que c'est moi qui te ferai respirer.
Que je serai la racine et toi le contour.

Ton choix m'empêche de m'accomplir, de réaliser mes propres vœux pour cette nouvelle vie.
Maman tu m'empêches de revenir. De venir à la vie. De t'aimer. De vous aimer.
Maman tu te retiens de me connaître. De me rencontrer. De m'aimer. De nous aimer.

Je t'ai choisie. J'aimerais que tu sois ma maman.
Je ne veux pas que l'on manque de se reconnaître dans cette vie-là.

J'entends qu'il y a en toi, un vide qui ne se comble pas.
Je sais que je prendrai cette place.
Que je serai ton étoile, ton éclat de soleil. Que je viendrai incendier ton ciel.
Maman, j'ai conscience de ce que tu peux m'offrir et aussi de tout ce que je vais te faire grandir.
Maman, tu seras riche. De tout cet amour.
Je ne vais pas faire de toi une mère, tu l'es déjà, depuis longtemps.
Depuis toujours, tu veilles sur ceux qui t'entourent. Je vais juste la révéler.

Je sens ce qui te traverse, tout ce qui ne se voit pas, les combats qui se jouent tout au fond de toi.
Je sais les colères et les hivers qui t'habitent. Et aussi celles qui ne t'appartiennent pas. Je sais les violences et les silences que tu dois digérer parfois.
Je reconnais que je vais te bousculer. Énormément. Que cela révélera des émotions que tu ne soupçonnes pas.
Je sais à quel point tu vas m'aimer inconditionnellement.
Que cela étendra ta patience, bousculera ta sérénité.
Et je sais aussi que tu vas adorer.
Lorsque tu vas me connaître, tu vas m'aimer de tout ton être.

Mais pour le moment, tout cela n'existe pas encore. Alors, pour faire bouger les choses, j'ai dû passer à l'action.

J'ai plusieurs possibilités à ma disposition : t'envoyer des signes, des coïncidences, des hasards heureux. Te faire ressentir les choses. Ma présence avant d'exister.
Et utiliser ton corps comme un messager. Des désagréments ciblés pour te mettre sur la voie.
Moins subtil, moins sympa, mais plus efficace. Et je sais que tu tenteras d'en décrypter les symboles. J'ai bataillé pour arriver jusqu'à toi.

D'abord, des démangeaisons dans la paume des mains et sur la plante des pieds. À ne plus supporter tes chaussures. C'est invisible, c'est bizarre. C'est comme un fourmillement incessant.

Psoriasis. Traitement à la cortisone et crème hydratante tous les jours, matin et soir.
Le psoriasis concerne les émotions, la stabilité. Les pieds sont notre point d'ancrage, ce qui nous relie à la Terre. Ils sont associés à la mère, mère biologique, mère symbolique.
Tu as été déstabilisée. Tu n'as pas compris. Tu ne me fais pas.

Ensuite, des taches brunes sur ton visage.
Mélasma, appelé communément « masque de grossesse ».
Tu as donc développé le fameux « masque de grossesse », sans être enceinte ! Incroyable quand même non ?
Tu l'as vécu comme une gêne, mais tu t'es fait une raison, tu as mis de la crème solaire indice cinquante chaque fois que tu mettais le nez dehors, même en hiver. La crème est devenue un élément indispensable de ton quotidien, de ton sac à main.
Les médecins et dermatologues sont unanimes :
— C'est hormonal ! Il n'y a rien à faire pour guérir, sauf une grossesse.
Tu n'as pas fait le lien. Tu ne me fais toujours pas. Je commence à désespérer.

Trois ans plus tard, mes futurs parents vous vous mariez ! J'ai alors bon espoir. Parfois psychologiquement, cela change des choses. J'en ai profité je dois bien l'avouer, pour mettre les bouchées doubles. Je t'envoie plus de désagréments hormonaux. De l'acné et autres petites choses pas toujours très bien placées et douloureuses.

Les dermatologues et gynécologues :
— Tous vos symptômes s'estomperont ou s'arrêteront avec une grossesse !

Ton corps t'a bousculée, il s'est fait messager.
Tu as souvent l'impression qu'il te trahit alors qu'il ne cesse de te rappeler qui tu es et d'où tu viens, ce dont tu as besoin dans un langage que tu as oublié. Des symptômes et du mauvais temps, ta pudeur à découvert, des déserts dans tes paumes, de l'orage sous tes pieds. Des signes et des silences que tu as tenté de soigner sans comprendre, de raisonner sans écouter.
Ton corps compensait une absence. Moi.

Maman, tu as une amie qui ne met pas d'espace entre les mondes. Elle reçoit des messages de l'invisible. Elle communique avec moi dans son sommeil et à d'autres moments parfois. Un jour alors que vous êtes ensemble, je me fais plus présente. Elle se confie :
— Il y a un petit être qui veut s'incarner, il veut venir, il n'attend que ça !
Tu te souviendras toujours de cet instant.
Tu seras émue à chaque fois que tu penseras à ce moment décisif.
Maman, quelqu'un attend. Quelqu'un t'attend. Quelque part. Pas très loin d'ailleurs.
Âme qui vogue sur l'océan tourmenté de tes atermoiements.
Tu fonds. Tu es déjà mère, entière.

Tu as trente-sept ans. Je sais que tu as envie que je vienne bouleverser ta vie. Que c'est la peur qui t'empêche, qui t'arrête, qui t'entrave. Qui te retient de vivre.

Tu adores la complicité de tes amies avec leur fille. Tu te surprends à les envier.
Tu as le droit de m'avoir moi. Qu'on est plus grand que le choix.
Dans tes gênes, le choix des autres tu transportes, leur croix tu supportes. Mais dans tes veines, l'ébullition, l'appel, la vibration universelle de la vie. L'envie d'aller visiter cet inconnu pays.

Enfin, est arrivé le jour où vous vous êtes aimés sans condition, sans vous protéger du monde.
Sans vous préserver de l'invisible.
Alors évidemment, j'ai sauté sur l'occasion. J'ai profité de cette étreinte libérée pour naviguer. Tu as accueilli mon exil au fond de ton corps.
Tu l'as senti, tu as caressé ton ventre, mon asile, dans la douceur de juin.
J'étais là, tapie à l'abri des murs orangés de la vieille maison tranquille, sous le tendre regard des hiboux. J'ai guetté le rendez-vous à ne pas manquer dans les draps flous de la nuit défaite.
Je me suis installée dans l'onde de ton corps pendant plus de neuf mois. Je n'étais pas pressée de sortir, j'étais bien dans ton nid tissé d'amour et de lumière.
Tu as adoré me sentir grandir au creux de toi. Une forêt, une

île, une Terre à habiter. C'est comme porter le monde et être si petite au milieu de ses bras.
Entendre un cœur qui bat deux fois à la fois, dans ta poitrine, dans ton ventre.
Et c'est ainsi que je suis née deux fois, une fois en toi, une fois au monde.

Et je suis venue agrandir vos vies, vos nuits, étendre vos bras.

Comme les autres âmes, mes souvenirs vont s'estomper au fil du temps. Grâce au petit creux entre mon nez et ma lèvre supérieure. L'être qui a posé son doigt sur ma lèvre en murmurant « chut » me permettra d'oublier les vies d'avant pour réaliser pleinement celle qui m'attend avec toi, avec vous. Je serai libre de poursuivre mon chemin, libre d'être aimée.
Il reste toutefois des bribes qui s'atténuent avec le temps.
— Ah qu'est-ce que je suis bien dans cette vie-là !
— Mieux que dans celle d'avant ?
— Oh oui. Je suis bien dans ma peau.

Maman, parfois il y a des âmes qui commencent à prendre corps, mais qui s'arrêtent en chemin. Des incarnations inabouties. Des enfants lumière.
Malheureusement, tu l'apprendras aussi.
La naissance comme la mort, c'est passer de l'autre côté.
Naître ou n'être ?
Cela n'est pas forcément une chose facile de « rendre

l'âme » ni de « prendre le corps ».

Mes parents, vous avez bien fait de faire un bébé.
Je suis bien avec vous deux. Je vous aime.

Chers parents, prêtez attention à ce que racontent vos enfants quand ils sont petits.
Surtout quand ils vous paraissent dire des choses insensées.
Écoutez-les attentivement, observez-les, regardez-les vivre.
Ils vous livreront peut-être, l'air de rien, un mot, une phrase, un dessin qui racontent ce qu'il y a eu avant. Avant leur grande arrivée dans cette vie, dans vos vies. Leur renaissance.

Maman chérie d'amour, adorée-formidable, je t'aime de tout mon cœur pour toute ma vie.
Je veux rester toujours dans cette vie-là. Avec toi dans l'univers.

La nouvelle lauréate du Second Prix

Poison, prison, libération

Xavier Corman

Alma

La toxicité enferme, l'enfermement intoxique, surtout lorsqu'ils sont invisibles. C'était la vie à laquelle j'avais consenti.
« Vous savez, Alma et moi, on est tous les deux dans la peinture. Je suis le seul à faire cela pour de l'argent ! ». « Peintre en bâtiment, c'est comme artiste peintre, la seule différence, c'est qu'on est connu de son vivant ! ». Stéphane adorait pérorer ainsi à la fin d'un dîner en ville, guetter les réactions avec une patience feinte, en me couvant d'un regard protecteur qui servait surtout à mieux me contrôler. Lui-même veillait à ne pas se joindre aux rires, parfois gênés, qu'il avait déclenchés, pour souligner combien il était aux côtés de son épouse dans sa quête artistique.
Je crois que je détestais cela, mais je ne pensais, ne disais rien qui commençait par « je… ».
Nous n'avons pas eu d'enfants. Médicalement, c'est lui qui ne pouvait pas. Mais, dans le cadre d'un de ces accords implicites qui, je le comprends à présent, n'étaient que des concessions de ma part, nous disions autour de nous que je ne voulais pas en avoir. Ce n'était pas faux après tout : dès

lors qu'il ne pouvait pas quelque chose, je ne le voulais pas vraiment. « Et puis tu es une artiste ma chérie, tu ne saurais pas vraiment t'occuper d'un enfant, n'est-ce pas ? »

Car oui, je suis artiste. Je peins, je sculpte, je moule. Selon l'envie du moment, un art ou un autre. Plus ou moins figuratif. Souvent marqué par mes obsessions : Dieu sous ses diverses formes, les chrysalides qui ne deviennent jamais papillons, la stérilité… « C'est vrai que tu n'es pas toujours très gaie, mais tes tableaux le sont encore moins… », me susurrait-il quand je lui montrais un nouveau travail.

Une artiste, avec ses doutes et ses convictions. Quand je sculpte, quand je pétris, je suis tout entière dans mes doigts. Mes mains deviennent des corps et entrent en fusion avec la matière. Et, parfois, une production vraiment réussie, un éclair de génie. Mais il a su tout faire depuis le début pour que je l'ignore.

Nous sommes mariés depuis vingt ans et jamais, durant tout ce temps, il n'a eu un mot *vraiment* positif sur mon travail. Toujours venait un petit ajout cruel et raffiné, qui montrait que le compliment était en fait dérision et mépris. Et puis, comme on largue en grappe des parachutistes sur un territoire ennemi, des foules de petites phrases hors contexte qui, je ne l'ai compris que récemment, me visaient toutes. « Rien de plus beau qu'une femme enceinte », disait-il à ses amis — nous ne voyions jamais les miens — visant mon supposé refus d'enfant. « Les syndicalistes hargneux, les *artistes ratés*, sont ceux qui vivent le plus à nos crochets… cela ne vous surprendra pas », déclarait-il dans une de ces émissions télévisées où il jouait le chef d'entreprise à succès oppressé par la fiscalité. À son retour, il ne manquait pas de me demander si je l'avais regardé, comme s'il ignorait que je ne manquais aucune de ses apparitions, hypnotisée, amoureuse, à lui acquise.

Car oui j'étais amoureuse de cette confiance apparente en lui, de cette allure invincible, de cet amour de lui-même, finalement la seule forme d'amour qu'il pratique.

Il a racheté progressivement des entreprises de peinture et travaux généraux en bâtiment. Chacune de ces petites sociétés familiales était un insecte qu'il rêvait d'épingler froidement sans se soucier de ce que devenaient les vendeurs, qui travaillaient dans l'entreprise. Il est devenu ainsi le *Chef Peintre* — c'est ainsi qu'on l'appelle dans le métier — de toute la région.

Notre couple était un balancier : plus il montait, plus je m'enfonçais. À chaque rachat d'entreprise, annoncé à grand renfort d'auto-publicité, je passais un peu moins de temps dans mon atelier. Comme si, en prenant de l'ampleur, son Groupe nécessitait toujours plus de temps de mon service inerte, qui consistait simplement à n'être rien d'autre qu'une paire d'yeux rivée sur lui.

Après toutes ces années, j'étais rendue à l'état de parfait mollusque. Je ne sortais de ma chambre que quand j'étais sûre qu'il avait gagné — car il « gagnait » tout — son bureau ; encore était-ce seulement pour lui préparer ses plats de la semaine, selon des menus immuables, étiquetés pour les jours où il n'avait pas de déjeuner d'affaires. Je fixais la porte fermée de l'atelier et retournais m'enfermer dans ma chambre, comme assise en haut d'un toboggan de honte et de déception.

Ce matin-là, il avait laissé des documents sur la grande table. Cela devait sûrement avoir un but, il ne fait jamais rien par inadvertance. J'ai commencé à regarder ce dossier, après avoir soigneusement repéré l'endroit précis où je l'avais trouvé.

Il s'agissait d'un dossier prudhommal. Un dénommé David P., « responsable des mélanges » — une sorte d'alchimiste qui concevait les coloris de peinture — pour l'ensemble de ses sociétés, lui reprochait de l'avoir licencié « sans cause réelle ni sérieuse », et surtout de l'avoir fait « au terme d'un processus de harcèlement pervers et méthodique, mis en place sur une longue période, et entièrement dissimulé sous les apparences de la bienveillance », comme l'écrivait son avocat. Le dossier contenait en particulier une lettre manuscrite — ce qui ne l'en rendait que plus émouvante — de David P., où il décrivait par le menu, en dix pages d'une écriture serrée, ce qu'il avait subi.

Installée dans le grand canapé, les jambes repliées sous moi, je la relus plusieurs fois. J'étais sidérée. Cela dressait un portrait en creux de mon mari, comme je n'aurais jamais su le décrire, mais parfaitement exact. Comme si quelqu'un s'était placé de l'autre côté de lui et avait simplement dépeint ce que je ne pouvais ou voulais voir, n'ayant jamais osé en faire le tour.

« La veille de la convention annuelle du Groupe, il me convoqua pour me dire que j'étais le meilleur cadre de l'équipe de direction. Il me demanda de faire le discours d'introduction des travaux de la convention, qui suivrait son allocution de bienvenue, un honneur insigne. Il m'indiqua quelques points qu'il aurait aimé y voir figurer, puis me serra chaleureusement la main, en me disant « je sais que vous ferez au mieux, comme vous avez toujours fait, ou presque — on fait tous des erreurs ! — C'est vraiment vous qui donnez sa couleur au Groupe. » J'ai écrit mon discours le soir, le lui ai fait relire comme il était d'usage, il ne m'a fait aucune observation. Le lendemain, juste avant la fin de son allocution, je suis venu me placer au pied de la tribune. Il m'a jeté un bref regard, comme s'il ne m'avait jamais vu, et a déclaré la convention ouverte, conviant la première table ronde sur l'estrade. À la fin de la convention, le directeur de la communication m'a dit « je pense que ton discours ne lui rendait pas assez hommage. Il faut savoir rendre à César ce qui lui appartient. Et aussi, tu t'es impliqué dans des dossiers délicats, je pense ». C'est là que j'ai compris que tout cela était une mascarade. J'avais, quelque temps auparavant, refusé un marché à une personne de sa famille (une des « erreurs » dont il m'avait parlé sans que je comprenne de quoi il s'agissait). Il me sanctionnait en me donnant, puis en me retirant, l'espoir de briller par ce discours, alors qu'il n'avait jamais eu l'intention de me le laisser prononcer. Il voulait juste me laisser stagner là au pied de l'estrade, objet inanimé destiné à contempler sa splendeur. »

« *Objet inanimé destiné à contempler sa splendeur.* » C'est ce qu'il avait fait de moi. David P. n'accédait pas à l'estrade, je ne parvenais plus à rentrer dans mon atelier.

Le courrier se poursuivait en décrivant les incidents et échanges qui semblaient être transposés de ma vie conjugale. Tout y était : l'humiliation publique, la colère froide, les serpents, l'inversion des rôles… Ces scènes auraient pu se dérouler dans mon salon.

Dans un sursaut vital, j'envoyai aussitôt un mail à David P., dont j'avais trouvé l'adresse dans le dossier, en lui proposant de me rencontrer. C'était totalement inconscient — s'il avait consulté son avocat, ce dernier lui aurait certainement conseillé de refuser et aurait présenté ma tentative comme une manipulation téléguidée par mon mari — mais je sentais que ce dossier était une bouée de sauvetage inespérée, une fenêtre ouverte sur la réalité. Peut-être l'antidote à vingt ans d'empoisonnement.

David P.

Je ne sais pas pourquoi je me suis rendu à cette invitation. Le ton de son message m'a touché, je crois. *« J'ai toutes les raisons de penser que vous et moi vivons la même chose, une mort lente, un encabanement muet. Je voudrais juste en parler. Savoir si à nous deux nous avons l'antidote à ce poison et la clé de cette prison. Je vous promets de n'en parler jamais à personne. »*

J'étais encadré par le *Chef Peintre* depuis des années, par mon avocat depuis des mois. Tout d'un coup, quelqu'un sortait du cadre. Pendant toutes ces années de fidélité aveugle, elle et moi vivions la même chose. Nous étions seulement séparés par un miroir qui reflétait différentes facettes de l'homme que nous suivions, chacun dans une direction.

Nous nous sommes retrouvés dans un discret salon de thé le lendemain.

Elle m'a posé quelques questions sur mon métier, les mélanges, les peintures, l'exposition aux vapeurs, les risques sanitaires.

Elle m'a fait raconter mon histoire, d'abord dans le sens chronologique, avant de passer en revue mon courrier. Elle ne disait presque rien. Son visage était celui d'une convalescente encore fragile. Parfois, elle semblait s'assoupir puis elle revenait dans la conversation. Ses questions montraient qu'elle avait écouté jusqu'au moindre détail. Elle semblait se retrouver complètement dans mon histoire.

Enfin, quand nous avons évoqué le jour de ma convocation pour le licenciement, son écoute était totale. « Votre mari est venu me voir dans mon bureau. Il m'a dit qu'il m'aimait beaucoup. Il avait tout fait pour me défendre, prétendait-il, et il était désolé de ce qui allait se passer. J'avais bien cherché quand même ce qui m'arrivait, et il m'avait bien prévenu. Je ne savais même pas de quoi il parlait. J'ai voulu lui poser une question. Il a quitté mon bureau comme on fuit la pluie, la tête rentrée dans les épaules. N'hésitez pas si vous avez besoin, a-t-il ajouté en partant. Dans le quart d'heure suivant, j'étais licencié. »

Elle ne se tenait plus quand je lui ai raconté cela. « C'est exactement ce qui s'est passé pour mon accident : il m'avait laissé partir après une nuit sans sommeil, au volant d'une

voiture de location. Mais c'était ma faute, et il m'avait prévenue, et je n'aurais pas dû, et il avait tout fait pour empêcher… Et il n'est pas venu me voir à l'hôpital, j'étais punie. Mais surtout, cela lui évitait de se confronter à l'hôpital, il déteste voir la douleur. »
Puis elle s'est tue.
Au bout d'un long moment, elle m'a dit « merci, vraiment merci. J'ai tout compris. Vous pouvez compter sur moi pour témoigner dans votre dossier si vous avez besoin. Maintenant, comme vous, il faut que je me batte. »

Stéphane

Je ne sais pas ce qui se passe. J'ai des tremblements. J'ai mal au ventre. Je respire de plus en plus mal. D'habitude, je vais toujours bien. Une boule d'énergie et d'optimisme, voilà ce que je suis. Je dépense cette énergie et elle se renouvelle aussitôt. Pas comme Alma, qui regarde passer les trains en pensant qu'on va lui demander d'y monter. Elle se croit artiste parce qu'elle a des langueurs. Elle a surtout besoin de se reprendre en main. J'ai arrêté de lui expliquer ce que je fais, elle n'y comprend rien. Je suis à la manœuvre à la tête du Groupe, amiral de ma flotte, conquérant du rayon peinture. En face, ils sourient, je leur dis qu'on est partenaires, amis pour la vie. Une fois l'acquisition terminée, ils deviennent mes valets.
Je ne sais pas pourquoi j'ai mal comme ça. Il faudrait que j'appelle le docteur Paulin. Mais il va m'envoyer à l'hôpital et j'ai horreur de cela. Et puis j'ai rendez-vous avec le

ministre de la Culture pour une exposition « Peintres en bâtiment, peintres d'art, quel dialogue ? », dont nous sommes mécènes. Cela me facilitera l'obtention de marchés publics à l'avenir. Et Alma comprendra ainsi que de nous deux, le vrai artiste, c'est celui qui produit et qui vend. « Dieu vivant de la peinture en tous genres », voilà comment ils devraient m'appeler, plutôt que « le *Chef Peintre* ».

Depuis quelque temps, elle a l'air encore moins lymphatique. Elle s'enferme à nouveau dans son atelier. L'odeur de la peinture est revenue. J'ai vu sur le compte bancaire qu'elle en avait commandé, ainsi que d'autres produits, inhabituels pour elle.

C'était quelques jours après que j'ai laissé traîner le dossier David P., histoire qu'elle le lise et qu'elle voie comment j'écrase ceux qui m'emmerdent. Elle semble avoir bien compris le message, s'être décidée à se bouger enfin. En tout cas, le goût des gamelles a changé — elle a fait un effort.

J'aimerais bien que mes douleurs s'estompent avant que j'aille à l'inauguration.

Alma

Quelle euphorie ! Quelle joie ! Je crée ! Je revis ! Je me sens libre, si libre… Je prie, je crie, je jouis de la vie. J'ai tout-compris depuis la lecture de ce dossier.

J'ai aussitôt recommencé à travailler, avec acharnement. Je me suis inscrite, sous mon nouveau pseudo, « Anti-dot », à la foire exposition « Peintres en bâtiment, peintres d'art, quel dialogue ? » avant de découvrir qu'elle était en partie sponsorisée par le Groupe. Quand je l'ai su, j'ai quand même décidé d'y participer. Il n'y a pas tant d'occasions d'exposer, par ici. Et puis j'y ai vu un signe, la pièce qui manquait à mon puzzle : j'allais rendre à Stéphane ce que je lui devais… La souffrance, l'humiliation, et même… l'intoxication.

J'aimais bien la formule de la foire exposition : un jour, un tableau. Comme chacun des artistes présents, j'ajoutais chaque jour sur mon stand un nouveau tableau qui poursuit une série. La série de ma vie. Plutôt, celle de ma relation avec Stéphane, toute de violence muette et cotonneuse. Les tableaux représentaient un homme et une femme, chacun cloué à une branche de la croix. Sur le premier, on ne reconnaissait pas leurs visages. La branche sur laquelle était courbée la femme pendait au sol, alors que l'homme était vertical, tout en haut. Comme s'ils avaient été sur une balançoire de jardin public.

Puis, au fil des jours, elle était de plus en plus haute et libre, lui de plus en plus bas et entravé. Leurs visages se dévoilaient progressivement.

Mes couleurs étaient travaillées comme jamais, grâce aux méthodes de mélange mentionnées dans le dossier de David P.

En parallèle, j'ai aussi utilisé ce qu'il m'a appris sur la toxicité de certaines peintures. J'ai dilué ces substances avec des jus de fruits pour qu'on ne sente pas le goût. Et j'ai commencé à en répandre un peu dans les gamelles de

Stéphane, en augmentant la dose jour après jour. Cela ne va pas le tuer. Je veux seulement qu'il vive ce que j'ai vécu : une souffrance croissante qui enferme et cloue au sol.
Aujourd'hui, je vais présenter mon dernier tableau. Il viendra prendre sa place à côté des quatorze précédents, constituant une série chromatique et logique complète. Le jury de la foire exposition passera dans la journée, avant la remise des prix. Est-ce que Stéphane en sera ? Il ne m'en a rien dit. J'aurais presque pitié de ses maux de ventre. De toute façon, j'ai décidé d'arrêter son « traitement » une fois finie l'exposition. Je vais tout ramener à l'atelier et organiser ma séparation.

Stéphane

Je devrais sortir demain. Cela fait un mois que je suis terrassé par cette attaque. Je ne sais pas si elle était liée à ces maux de ventre, qui sont passés comme ils étaient venus. Elle est survenue le soir de la finale de l'exposition, lorsque je rentrais chez moi.
Je me sentais contrarié. Était-ce le regard des membres du jury ? Ou de devoir attribuer le prix à Alma — pardon, à Anti-dot — après le vote unanime de ces crétins ? Était-ce de voir venir la demande de divorce (je ne me suis pas trompé) derrière ses yeux dont le silence hurlait sa victoire ? Je ne crois pas. Après lui avoir remis le prix, je me suis éclipsé du cocktail et, avant d'aller rejoindre mon chauffeur, n'ai pu m'empêcher de retourner sur le stand désert d'Antidot pour voir à nouveau la série gagnante. Le dernier des

quinze tableaux, un grand format, me montrait, au pied d'une croix au sommet de laquelle elle volait, le regard fixé sur elle. J'avais le regard plein d'amour, mais mes doigts tendus vers elle étaient griffus. Seul, le fait que je sois en train de m'enfoncer dans le sol, auquel j'étais assujetti par une chaîne, m'empêchait de l'attraper pour la dépecer. Si, sur les autres tableaux, nos visages semblaient moins reconnaissables, sur celui-là nous étions comme en photo. Elle avait tout fomenté pour m'humilier en public. Elle sortait de mon orbite, tout en faisant de moi un objet misérable de son œuvre.

Sa série était intitulée « pOison dans l'o, pRison dans l'r ». Ce nom se voulait sophistiqué, mais surtout je trouvais que sa cruauté amplifiait encore celle des tableaux, comme si je lui avais fait vivre un calvaire — la croix décidément.

Mais ce n'est rien de tout cela qui m'a achevé. Non, c'est en rentrant à la maison, obsédé par l'image des tableaux, que j'ai compris ce qui me faisait si mal. J'en ai senti le poids en m'affaissant sur la poignée de la porte, j'ai compris que les ravages allaient me marquer bien longtemps après notre séparation à venir.

Pour la première fois, j'adorais son œuvre. Il avait suffi qu'elle s'échappe de moi pour devenir elle-même. Mon cœur voulait échapper à cette réalité. Je tombai à genoux sur le seuil de ma porte et le brouillard m'envahit.

Alma

Il est beau, il est calme, il est la coquille et le cocon de ma nouvelle vie : mon atelier, au fond d'une courette où la pluie joue du jazz sur les pavés. J'avance dans une forêt d'idées nouvelles traversées par la lumière. J'y suis enfermée toute la journée — et pourtant si libre.
Libre.

Histoire d'une vie

Lorraine Humbert

Cela faisait quatre jours que ce bouquin se cachait dans mon armoire. J'étais consciente de son pouvoir, de sa vérité, de son impureté, et pourtant, je ne pouvais m'empêcher de penser à lui, de ressentir sa présence, comme s'il s'agissait d'un aimant dont la force d'attraction me ramenait toujours plus près.

Je l'avais placé sous un tas de vêtements, ceux que je ne portais jamais, qui croupissaient au fond de mon armoire et que j'étais sûre de ne plus toucher. Mais rien à faire, il me zyeutait, et chaque fois que j'ouvrais ma garde-robe, un méchant tourbillon de curiosité se glissait en moi. Il fallait que je fouille, que je touche sa couverture en cuir, que je l'ouvre et que je scrute ses pages une à une, que je connaisse la fin.

Tout avait commencé lorsque je l'avais aperçu entre deux autres, dans cette boutique d'anciens livres d'occasion, un petit boui-boui situé au cœur de la ville. Déjà à ce moment, j'étais sous son emprise. Je m'étais dirigée vers lui, et sans même porter attention à son nom ni à la quatrième de couverture, j'avais décidé de l'acheter. Un geste impulsif dont je ne saurais expliquer la cause, il m'avait parlé, séduite, et lorsque je sortis du petit magasin, j'avais été emplie d'une joie immense, sans bien savoir pourquoi.

Une fois rentrée à la maison, je n'avais pas tergiversé : comme si ce nouvel achat dictait désormais ma vie, j'ouvrai le livre, juste après avoir remarqué l'absence de titre sur la couverture. Les premiers chapitres parlaient d'une enfance paisible dans une grande maison de banlieue, je reconnus quelques noms, très familiers… Le mien, tout d'abord, celui de ma mère, de mon frère aîné, puis celui de ma sœur. Quelques minutes suffirent pour me rendre compte que cette histoire était tout simplement le résumé de ma vie. Sonnée par cette découverte et intriguée par l'origine de ce texte, je tournai les pages avec assiduité jusqu'à arriver à un chapitre qui décrivait mon état présent. « Et alors qu'elle ouvrait le livre pour la première fois, elle n'avait encore aucune idée d'à quel point il changerait sa vie. »

« N'importe quoi », m'étais-je dit. « C'est une farce, c'est forcément quelqu'un que je connais qui veut me faire flipper ». J'essayai alors de trouver qui avait bien pu tenter de me faire une blague aussi puérile. Mon frère ? Mais je ne lui avais pas parlé depuis des mois, et il vivait maintenant de l'autre côté du pays… Je tournai encore quelques pages. Le chapitre suivant décrivait mon entretien d'embauche, qui était prévu pour le lendemain, et comment je le ratais lamentablement, car je n'avais pas su répondre aux questions inquisitrices de mon intervieweuse. Cet entretien, je n'en avais parlé à personne, et seule la compagnie en question, celle qui allait m'embaucher, avait connaissance de mon application à ce poste. Comme je n'avais jamais été refusée à aucun travail, car mon curriculum vitae frôlait tout simplement la perfection, je ricanai en lisant ces quelques lignes. Avec une petite boule au ventre, je fermai finalement le maudit bouquin. Il n'y avait pas de quoi en faire tout un plat, je m'étais dit qu'il fallait seulement attendre le lendemain pour mettre fin à ce jeu, car le futur démontrerait que ce roman n'était qu'une fantaisie qui n'avait rien à voir avec ma vie.

Mais le jour suivant ne vint pas me rassurer, car au contraire, ma vie semblait s'être déroulée exactement comme le livre l'avait indiqué, à chaque détail près. C'était d'abord le chemin pour arriver jusqu'à mon travail : au niveau de la rue principale, un pot de fleurs était venu s'écraser juste devant moi. En levant les yeux, un jeune homme moustachu s'excusa, le pot de fleurs qu'il venait d'arroser était tombé du rebord de son balcon. Je restai alors muette, car je l'avais déjà vécu, ce moment précis : je l'avais lu, et maintenant je riais jaune. Plus tard, l'entretien ne me laissa pas plus de surprises. Tout se déroulait selon le plan précis qui avait été écrit. Alors, je suppliai presque cette femme aux cent questions de me le donner, ce job, et je réalisai que je ne désirais même plus travailler chez eux, mais que je voulais seulement que l'imbécile prophétie ne se réalise pas. Elle m'avait répondu : « Nous avons déjà pris notre décision. Désolée. » Déjà pris leur décision ? Et quand ça, hein ? Quand ils avaient écrit ce bouquin avant de me l'envoyer ? Je pensais devenir folle.

Je rentrai chez moi, bras ballants, le cerveau bouillonnant de rage et d'incompréhension. Il y avait quelque chose dans ce livre qui me répugnait. Comment, enfin, avait-il fini dans mes mains ? Un livre parmi des milliers, dont je ne connaissais rien, qui n'avait pas de titre, et j'avais décidé de l'acheter ?

Pendant quatre jours, il était resté enfermé dans cette armoire. Je ne l'avais pas ouvert une fois, pas touché, depuis que je l'avais laissé là. Quatre longues journées, oui, car depuis, je n'avais pas fermé l'œil une seule fois de mes nuits. Si j'avais le malheur de passer devant un miroir, et que mes yeux se tournaient sur mon reflet, j'apercevais un fantôme au teint blafard et fatigué, aux cernes si noirs qu'on les aurait dits dessinés au charbon, bref, une image de mort.

Et lui, il m'appelait, jour et nuit, car il était mon présent, mon passé, et mon futur. Il me disait « Viens, lis-moi, découvre donc ce dont tu es capable… » Et la seule idée qui m'obstinait, c'était la fin. Comment se finissait-il ? Avait-il réussi à prédire ma mort ? Je me sentais impuissante, tant la tentation était forte, celle d'aller le chercher, de farfouiller entre ces vêtements que je n'avais pas portés depuis si longtemps, et de le trouver. Il ne me suffirait que de quelques secondes pour lire la fin, pour savoir. Comment mourrai-je ? Quand mourrai-je ? Était-ce donc un privilège ou une damnation ?

Et tandis que la curiosité me rongeait, mon esprit me ramenait parfois à la raison. Je n'avais pas besoin de savoir, n'est-ce pas ? Et si je brûlais ce livre, que je le faisais disparaître à jamais ? Que resterait-il alors de moi ?

Et chaque nuit, ces pensées m'avaient assaillie, elles m'avaient attaquée comme un millier de soldats en casque et armure, prêts à en découdre avec ce que j'imaginais être la forteresse de mon esprit. Le quatrième jour, donc, je m'étais décidée. Avec précaution, j'avais sorti l'objet diabolique de mon armoire, m'assurant de le tenir fermement, de ne poser qu'une main dessus, la gauche, m'empêchant ainsi d'avoir même l'opportunité de l'ouvrir. J'avais préparé un feu dans ma cheminée, il brûlait maintenant de belles et vives flammes. C'était là mon salut. Et alors que je m'apprêtais à le lancer, de toutes mes forces, dans ce tourbillon bleu et orange qui se tenait là pour l'anéantir, ma main droite, comme déconnectée de toute volonté, ouvrit le livre, et mes yeux tombèrent sur ces lignes, ces histoires, toute cette vie que j'avais alors cessé de vivre depuis que j'avais découvert le manuscrit. Il y décrivait un bonheur certain que je ne reconnaissais pas, la façon dont je revoyais cet homme, qui avait fait tomber un pot de fleurs juste devant moi, et qui me présentait ses excuses. « On peut boire un verre ? Pour me faire pardonner. » Il le disait en souriant, et j'avais accepté. Quelques années plus tard, nous nous marierions, et nous aurions des enfants. Ma mère deviendrait grand-mère et ne décéderait que très tard, après avoir passé de belles années à chouchouter Angèle, Alice et Paul, ses trois petits enfants. Une vie tranquille, malgré quelques problèmes lors de la période adolescente de Paul, qui s'était mis à fumer et à boire comme la plupart de ses amis, et qui avait décidé de partir de la maison à dix-huit ans pour « ne plus que vous me fassiez chier ! ». Il reviendrait six mois plus tard, maigre et pâle, pour demander pardon. Je finissais éventuellement par vieillir, et mon mari aussi. Il mourrait avant moi, et moi… et moi…

Je levai les yeux, le feu devant moi était totalement éteint et il faisait froid dans la chambre. Il m'était alors difficile de respirer, de rester éveillée, et la faim me torturait, sans parler de la soif, qui tiraillait ma gorge sèche. J'essayai de me lever. Pourquoi étais-je ici ? Où étaient mes enfants ? Il était enfin trop tard avant que je ne réalise que tout cela n'était que fantaisie, des mots écrits dans un livre, et ayant passé mon temps à le lire, j'en avais oublié les besoins essentiels à ma vie. Je tombai à terre, la main tendue, et le livre vola au sol, près du feu. C'est donc ainsi que je mourrai, en regardant ce qui aurait pu être ma vie.

Et la mer chantera pour toi

Frédéric Audras

Elle a dix ans et ses yeux scrutent l'océan depuis ce matin en guettant leurs souffles. Coiffée d'un chapeau en feuilles de pandanus tressées, ma fille Maimiti est assise près de moi au sommet de la falaise de calcaire de l'île de Rurutu, dans l'archipel des Australes.
J'observe les reflets du soleil dans ses cheveux de jais. J'admire les couleurs vives du paréo qui entoure son buste et couvre ses longues jambes, laissant apparaître des bracelets de coquillages entourant ses chevilles. Le visage de Maimiti, sa peau et son regard sont transformés dans ces lieux. Elle devient une vraie Polynésienne, en harmonie avec la nature, loin de ses habitudes de citadine américaine.
Chaque année, lorsque les bourgeons fleurissent à l'extrémité des branches de l'Erythrina, c'est le signal de l'arrivée des baleines dans les eaux claires et paisibles de l'île. Nos amis du village de Moerai nous appellent et nous embarquons dans le premier vol entre la Californie et Tahiti, puis un petit avion jusqu'à Rurutu.
Maimiti est née ici, dans cette baie, entourée des baleines. Son prénom signifie qu'elle vient de la mer. Mes souvenirs sont flous, j'avais perdu connaissance pendant mon accouchement et je ne parviens plus à distinguer ce qui relève de ma mémoire ou de mon imagination. J'ai tellement cherché à revivre ces moments, je les ai beaucoup

rêvés. Mais je suis certaine d'une image, celle où je la découvris sur mon ventre, les yeux grands ouverts, avec un sourire qui effaça mes douleurs.

Le jour s'achève et je lui propose de rejoindre notre bungalow à proximité de la plage. Elle refuse d'un mouvement de tête, préférant attendre le crépuscule. Je n'insiste pas, j'enfile mes chaussures et je commence ma descente sur le chemin taillé entre les rochers et les lianes. Soudain, je l'entends crier, elle désigne des masses sombres apparaître près de l'horizon et des nuages éphémères qui surgissent à la surface des flots. Elle tend les bras vers le ciel, elle pleure de joie et je la rejoins. Je l'entoure, je calme son excitation. Je lui murmure à l'oreille que nous irons les retrouver dès l'aube.

Nos amis nous observent descendre le long de la falaise dans l'obscurité, éclairées par la lumière de la lune et entourées du parfum de la vanille en fleur. Nous n'avons pas besoin de leur annoncer la nouvelle, ils la connaissent déjà et elle les réjouit. Le cycle immuable des saisons, le rendez-vous régulier avec les baleines, est une source d'apaisement pour les habitants des îles du Pacifique. L'arrivée des cétacés signifie aussi le début de la saison touristique. D'ici quelques jours, les pensions de famille seront pleines et les deux clubs de plongée organiseront des sorties pour les approcher.

Les baleines à bosse s'installent dans la baie, elles retrouvent leurs repères et s'immobilisent dans les eaux chaudes. Déjà, les premiers chants se diffusent dans le bleu profond. Les mâles commencent à rivaliser, chacun veillant à produire un motif unique, une mélopée qui provoque l'apaisement et la sérénité. J'ai l'impression que les notes nous parviennent et qu'elles résonnent dans la vallée. Maimiti les ressent aussi et elle tente de les reproduire avec sa gorge. Je l'accompagne en balbutiant, je me sens ridicule et nous éclatons de rire. J'apprécie ces moments avec elle, je caresse ses cheveux et je la serre dans mes bras.

Les premiers rayons de soleil me réveillent. Ma fille est déjà debout, elle a préparé mon café, accompagné de beignets sucrés et de tranches d'ananas frais. Elle est impatiente et je me dépêche. En quelques minutes, je suis prête et nous grimpons à bord du zodiac. Maimiti s'assied à l'avant et je démarre le moteur. Nous glissons vers le ballet des nageoires qui apparaissent au large entre les vagues scintillantes. Le bateau file vers elles puis je réduis notre allure. Ma fille se penche et ses mains tapent la surface de l'eau. Nous sommes rapidement entourées de deux puis quatre baleines. Elles s'approchent à quelques mètres de notre embarcation et nous observent. Maimiti leur envoie des baisers et elles répondent en projetant leur souffle pour nous éclabousser. Nous célébrons ces retrouvailles.

Enfin, elle apparaît, nous reconnaissons sa grande nageoire caudale, noire et blanche, qui reste suspendue de longues secondes au-dessus de la surface de l'eau. Maimiti reconnaît les motifs sur sa peau, ces traits particuliers qui semblent dessiner une fleur de tiare avec ses sept pétales. Elle prend son masque et saute dans l'océan pour la rejoindre. Je l'observe et je sens les battements de mon cœur qui s'accélèrent. Je connais cette appréhension, cette angoisse qui peut me surprendre alors je prends de grandes respirations, je calme ma peur et je ne pense qu'à ma fille, à sa beauté et à sa joie.

J'accroche une corde à mon pied et je saute à mon tour. L'eau est chaude, j'ai l'impression d'être enveloppée dans un immense gant de soie. Je nage vers Moana, notre amie, notre protectrice. Maimiti est près d'elle, elle caresse les traînées grises sur son dos noir, qui témoignent de combats ou d'un périple difficile depuis les régions polaires. Je plonge pour regarder son ventre blanc et sa taille me confirme ce que je pressentais l'année dernière. Moana donnera bientôt naissance à un baleineau. Je l'indique à ma fille et elle félicite son amie en se rapprochant de son œil.

Nous nageons à côté d'elle pendant plus d'une heure puis elle plonge dans les profondeurs et se suspend à la verticale à une dizaine de mètres sous la surface. Elle se repose, elle semble communier avec les autres baleines en apesanteur. Il est temps pour nous de rejoindre le bateau et de retrouver la terre. Je promets à Maimiti que nous reviendrons après le déjeuner, puis ce soir et les prochains jours. J'ai prévenu mes collègues du laboratoire de biologie marine de San Diego que je serai absente les quatre prochaines semaines. Ils en connaissent tous la raison, ils savent ce que ce séjour régulier à Rurutu représente pour ma fille et moi. C'est un rendez-vous, une rencontre dont nous avons besoin, avec un animal que nous aimons et qui nous procure un intense bonheur.

J'ai rencontré Moana pour la première fois il y a dix ans, dans cette baie. Je participais à un programme de recherche sur les baleines à bosse. Nous faisions des prélèvements de leur chair pour en étudier la composition. J'étais enceinte de Maimiti, elle devait naître un mois plus tard. Je me sentais bien dans l'océan, à proximité de ces cétacés accueillants. Le motif en forme de fleur de tiare de la nageoire caudale m'avait surprise et séduite, je l'avais choisie pour fixer une balise Argos afin de suivre par satellite son parcours de migration entre l'archipel des Australes et l'Antarctique. Elle m'avait laissée l'approcher avec un regard bienveillant et une confiance s'était installée entre nous. Mais, d'un mouvement brusque, elle rompit cette harmonie. Elle me recouvrit avec sa nageoire dorsale. Tout son corps se mit à bouger et elle me plaqua contre elle, cognant ma tête, mes jambes et mon ventre. Je perdis mon masque, je ne parvenais pas à me dégager, elle m'empêchait de m'écarter. Je commençai à paniquer, j'appelai à l'aide et bientôt je manquai d'air et perdis connaissance.

Mes collègues me racontèrent, bien plus tard, ce qui s'était passé. Un groupe menaçant de requins-tigres s'était approché de nous et Moana m'avait protégée. Je ne m'étais pas rendu compte du danger, j'avais voulu m'éloigner d'elle alors qu'elle agissait uniquement pour écarter les dangereux squales. Elle avait réussi à les effrayer et s'était ensuite rapprochée du bateau pour que mes collègues puissent me hisser à bord. Ils ont tout de suite remarqué mes contractions rapides et compris que je devais accoucher. C'était une situation d'urgence, ils n'avaient pas eu le temps de rejoindre la terre, il fallait sauver mon enfant.

Moana nous avait sauvé la vie. Elle nous avait abritées contre son corps, comme si nous étions ses enfants. De mémoire de villageois, cela n'était jamais arrivé. Une relation particulière nous unit à cette baleine à bosse. Je me sens redevable, et la seule chose que je puisse faire est de lui offrir mon affection à travers ces rencontres annuelles.

Le regard de Maimiti ne quitte pas l'océan pendant le déjeuner. Elle m'interroge en me faisant des signes rapides avec ses mains pour savoir quand nous pourrons monter à nouveau sur le zodiac. Elle souhaite emmener ses amies du village.

Ma fille ne parle pas. J'ai longtemps cru que c'était le prix à payer pour notre survie, une forme de sacrifice pour conserver la vie. Je sais maintenant que cela ne signifie rien, que la naissance de mon enfant a été chaotique et traumatisante. Elle ne présente aucune déficience physique qui l'empêche d'utiliser le langage humain. Quelque chose s'est bloqué dans son cerveau. Les spécialistes que nous avons consultés n'ont pas trouvé de réponse. En Californie, elle souffre de ce handicap, sa vie sociale est perturbée, elle est moquée ou ignorée. Ici, quand elle nage près de Moana, elle est heureuse, elle pousse de petits cris, elle imite le chant des mâles.

Nous sommes à Rurutu depuis trois jours. Tous les matins, lorsque nous la rejoignons, j'espère que nous découvrirons un baleineau à côté d'elle. Aujourd'hui, nous ne la trouvons pas dans la zone habituelle alors je sillonne la côte à sa recherche et je m'écarte vers le large.

Maimiti me fait signe de m'arrêter. Je coupe le moteur. Elle plonge et disparaît pendant de longues secondes. Elle ressort la tête de l'eau et me fait signe de la rejoindre. Moana remonte avec lenteur, elle est à quelques mètres de nous. Elle s'apprête à mettre bas. Je m'approche de son œil et caresse sa peau. Ma fille plonge sous son ventre et assiste au spectacle. Le baleineau s'extrait progressivement, le sang jaillit et crée une mare trouble autour de sa mère. Bientôt, nous ne distinguons plus sous la surface. J'entends un moteur se rapprocher et je discerne le bateau d'un club de plongée qui amène des touristes. Les moniteurs nous ordonnent de remonter dans notre embarcation. « Requins ! Sortez de l'eau ! », crient-ils. Ils s'approchent avec des fusils harpons et sautent dans les flots. Une bataille sous-marine s'engage, les requins tentent de mordre le baleineau et les hommes repoussent les squales qui se rapprochent sans cesse. J'attrape la main de Maimiti et je l'oblige à me rejoindre. Elle est effrayée, elle tremble et pousse des cris sourds d'angoisse. J'attrape une barre de fer sur le bateau et je rejoins les hommes qui se battent. Les attaques des requins s'intensifient, ils sont ivres de fureur. Nous entourons le baleineau plaqué contre sa mère. Un requin est décidé à foncer sur nous, les hommes me prennent le bras pour m'écarter. « Nous ne pouvons pas lutter, ils sont trop nombreux », semble dire le regard derrière le hublot de celui qui souhaite me protéger. Mais je décide de me dégager, je saisis fermement la barre de fer et je m'élance vers le requin. Je cogne son museau avec la barre puis je la plante dans son flanc et je m'accroche. Le squale ne se débat pas, surpris par cette attaque mortelle. La peau se déchire, la plaie s'élargit et le sang rouge sombre se diffuse. Il tombe lentement, agonisant, dans les profondeurs et ses congénères le suivent et commencent à mordre des morceaux de sa chair.

Le calme revient, l'eau s'éclaircit et le baleineau remonte à la surface près de sa mère. Elle l'entoure avec délicatesse de sa nageoire. Des sons inconnus résonnent, comme un langage mystérieux. Je nage vers eux et je fixe l'œil de la baleine. J'entends une voix intérieure, comme un chant, et je ressens une profonde harmonie. Les hommes me félicitent, ils m'invitent à les rejoindre à bord du zodiac. Je cherche ma fille, je lui tends les bras et nous nous enlaçons. « Merci Maman, tu as sauvé le bébé de Moana. Elle est très reconnaissante », dit-elle. L'émotion m'envahit, je la regarde et je me tourne vers mon immense amie qui plonge lentement, faisant tournoyer sa nageoire caudale frappée de la fleur de tiare. Je ne questionne pas Maimiti, j'accueille ses mots en caressant son visage, et je comprends qu'une nouvelle vie s'offre à nous.

Bouts-de-Soi
Léonie Brun

Je m'appelle Roland. Je suis gardien de cimetière.

Je travaille ici depuis toujours et mets, à chaque instant, tout mon cœur à l'ouvrage. J'aime tant ce que j'y fais ! Prendre soin de ce cimetière, c'est le grand projet de ma Vie.

Ici, les choses sont simples. Pas d'horaires à faire respecter ; les grilles sont ouvertes sept jours sur sept et vingt-quatre heures sur vingt-quatre. Pas de cérémonies à organiser ; chacun fait comme il le souhaite. Aucun code n'est imposé. Pas de concession à percevoir non plus ; ici, l'espace est immense. Et le temps infini. Et il n'y a ni fleurs ni pierres tombales à entretenir ; les contenants sont libres.

On pourrait penser que j'aime paresser ! Pourtant c'est tout l'inverse. J'ai fort à faire : je prends soin des endeuillés qui viennent enterrer un des Leurs. Mon rôle est méconnu. Je veille à ce qu'aucun « Bout-de-Soi » ne reste égaré au milieu du cimetière. Les Bouts-de-Soi perdus, ce sont ces parts abîmées de mes visiteurs. Ces parts fragilisées par l'épreuve du deuil qui se détachent d'eux et qui finissent par tomber, sans bruit, quelque part dans une allée ou derrière une tombe. Et ils sont si précieux, si intimes tous ces Bouts-de-Soi. Moi, je crois qu'on doit choisir de les partager ou non. On doit choisir à qui, quand et où. Et par pudeur, on ne les laisse pas à la vue de tous. Cela doit être offert et ne pas traîner dans un recoin de cimetière. Surtout les Bouts-de-Soi abîmés. Surtout.

Le plus souvent, les Bouts-de-Soi amochés tombent d'eux-mêmes dans les tombes. Ils restent naturellement accrochés au cercueil, collés par un point de chagrin, de colère ou de déception. Il faut croire que certains bouts résistent à cela, espérant rester avec tous les autres, ceux qui sont encore intacts, vivants. Et puis, ils abdiquent au détour d'une allée, sentant qu'ils seront un poids dans la vie de leur propriétaire, une fois passé le portail de ce cimetière.

Je ne supporte pas l'idée que ces morceaux échus soient abandonnés n'importe où, au vu et au su d'inconnus. Ici, l'intimité c'est sacré. Quel qu'en soit le degré mis en jeu, c'est sacré. Alors, j'arpente les recoins et allées de mon cimetière afin de ramasser les Bouts-de-Soi qui se seraient égarés. Je viens les déposer auprès de la sépulture du propriétaire concerné. Et j'espère toujours secrètement que ce dernier, s'il revient Ici, pourra récupérer ce fragment de lui. J'aime tant cette idée.

Chaque soir, je fais le tour des lieux et je ramène les bouts recueillis. Je viens les fixer directement sur les sépultures avec un point de colle de patience. Je suis un bureau des objets trouvés, mais pour humains en quelque sorte. J'ai l'habitude maintenant et je suis passé maître dans l'art d'associer mes trouvailles à leur propriétaire.

Seulement, depuis ma dernière ronde, je ne trouve pas le sommeil. Ce que j'ai découvert derrière le petit bosquet de l'allée huit m'a retourné le cœur. Et j'ai beau essayer de me remémorer toutes les cérémonies funèbres qu'il y a eues aujourd'hui, je n'arrive pas à identifier qui a bien pu laisser tomber un Bout-de-Soi pareil. C'est la première fois que cela m'arrive. Je dois bien le concéder, je suis perdu.

« Allez Roland, il faut que tu te concentres et que tu te remémores le déroulé de la journée ».

Elle a commencé très tôt par ce groupe de copains. Je les vois régulièrement. Ils sont arrivés encore un peu éméchés et joyeux. Ils ont l'air de partager beaucoup de choses ensemble. Ils sont bons vivants, pas du genre à faire des chichis. Alors, je me suis douté que cette cérémonie-là ne serait ni longue ni très émouvante. Cela ne devait pas faire longtemps qu'ils connaissaient le défunt. Ils n'avaient pas l'air très attachés. Et puis, les obsèques de si bon matin je les connais : souvent, l'histoire avec celui qu'ils enterrent date de la nuit qui se termine ou celle d'avant. Celui-ci sera vite oublié et remplacé. Aucun des membres du groupe n'a laissé choir un Bout-de-Soi quelque part chez moi aujourd'hui. Aucun Bout-de-Soi n'aura été maltraité dans cette histoire d'ailleurs. Au contraire.

Continuons les recherches.

Il y avait eu cet homme et cette femme. Ils n'étaient pas arrivés ensemble. Lui paraissait vide, elle déjà nourrie d'autre chose. Mais ils devaient venir ensemble. Cette cérémonie était nécessaire. Elle les concernait tous les deux. Lui s'était bien apprêté, tout de noir. Elle n'avait pas fait trop d'effort pour paraître triste. Lui était accablé, elle détachée. Il n'avait pas anticipé ce jour. Elle avait déjà visualisé chacun des cercueils. Était-ce avant ou après lui avoir annoncé leur séparation ? Peu importe.

Il pensait que cette cérémonie pourrait lui donner envie de recommencer la vie ensemble. Il avait tant de peine à voir tous ces cercueils rassemblés. Tous, plus ou moins longs, plus ou moins solides. Il prit le temps de leur faire un trou chacun. De les disposer avec harmonie en terre. Ils lui étaient si précieux. L'énergie qu'ils lui avaient apportée l'avait rendu si vivant ! Elle, elle les aurait bien tous entassés les uns sur les autres. Cela faisait un moment qu'elle ne ressentait plus rien à leur égard. Elle a laissé faire son ancien compagnon quand même. Elle lui devait bien ça. Il avait fait les choses en grand en plus. Après avoir mis leur chanson, il lut un texte qui retraçait toute leur vie. Il a beaucoup pleuré.

Une fois la cérémonie terminée, elle lui a fait une bise et elle est partie sans se retourner. Pour elle, le deuil était déjà fait. Je savais qu'elle ne reviendrait pas. Lui, à l'inverse, repasserait régulièrement se recueillir. Le vide laissé par ceux qu'il venait d'enterrer serait béant pendant un moment. Peut-être même plus profond que celui laissé par la perte de sa femme.

Il a fini par partir en fin de matinée. D'un bond, comme si quelqu'un l'avait poussé, il a fait demi-tour. Le geste fut si brutal qu'il n'a pas entendu le gros Bout-de-Vitalité qu'il venait de perdre percuter le coin d'une tombe voisine. Un Bout tout coloré et joyeux.

Je suis allé vite le ramasser et je l'ai déposé sur le plus gros des cercueils. Au fur et à mesure du temps, à force de revenir, le monsieur inconsolable finira par le retrouver. Ça, j'en suis sûr !

Peu de temps après le couple, une dame est entrée. Un foulard sur la tête. Elle s'est dirigée dans le bâtiment central. Il y a dans ce bâtiment une salle particulière qui permet de mettre à l'abri les boîtes avant de les laisser définitivement ou non au cimetière. C'est une solution transitoire tant qu'on n'a pas décidé ce qu'il allait advenir en matière d'obsèques.

Cette dame qui venait d'y entrer semblait lasse et malade, mais elle déploya une force incroyable pour porter elle-même la petite caisse molletonnée qu'elle venait déposer dans la salle. Elle paraissait y être très attachée. La cérémonie de dépôt fut brève et simple. La dame prit seulement une grande inspiration et souffla sur le cercueil pour l'entourer de vie avant de sortir.

J'ai trouvé un Bout-d-Espoir près du pas de la porte de la salle après son départ. Je l'ai accroché sur une des poignées en or de la boîte. J'espère que la dame reviendra la récupérer. Cela voudra dire qu'elle a gagné. Sinon, je devrai l'enterrer moi-même ce petit cercueil.

Résumons donc ! Ma découverte de ce soir n'appartient ni au groupe de copains, ni au couple-plus-couple, ni à la dame malade.

Dans l'après-midi, il y a eu cette autre femme. Je la connaissais bien. Elle venait depuis quelques années. Elle avait commencé ses visites un après-midi d'hiver quand on lui avait annoncé qu'il n'y avait que peu d'espoir qu'il soit viable. Alors, elle était venue plusieurs fois repérer le meilleur emplacement pour lui. Elle avait fini par se décider. Si cela devait advenir, la place de celui auquel elle tenait tant serait sous le magnifique pommier.

Je n'avais pas vu la jeune femme pendant un moment. Il devait continuer à vivre. J'étais heureux pour elle.

Mais, depuis quelque temps, elle revenait régulièrement. La fin annoncée devait être proche même si elle avait toujours un brin d'espoir dans l'œil.

Cet après-midi, elle est entrée accablée. Ils n'avaient rien pu faire. Cette intervention était nécessaire. Elle avait dû arrêter de se voiler la face. Elle allait finalement devoir la vivre cette cérémonie qu'elle redoutait tant. Elle se remémora toutes ces années pendant lesquelles il l'avait accompagnée. Comment il avait donné du rythme à ses mois, à son avenir. Depuis toutes ces années, il l'avait fait grandir, elle et son couple.

Personne autour d'elle n'avait jamais organisé ce type de cérémonie. Alors, elle l'avait inventée à son image. Elle lui avait confectionné elle-même un beau cercueil avec autant d'amour qu'elle en avait. Après un temps d'adieu, elle le porta dans les larmes sous la terre du pommier. Elle ne l'a pas vu, mais un Bout-de-Tripes s'est envolé à ce moment-là. Il est venu s'accrocher à une des branches du pommier.

Après son départ, je suis allé chercher mon échelle et je suis venu enrouler le Bout oublié à une des racines de l'Arbre. Je le savais, aucune chance que la femme ne le retrouve un jour. Ces Bouts-là sont à jamais perdus.

Le dernier visiteur de la journée fut un enfant.

Je me souviens bien de lui, car c'est rare de voir des enfants ici. Celui-ci devait avoir un peu plus de dix ans. Sa relation avec le défunt avait été riche et fulgurante. Porteuse aussi. Tellement. Il était fier de cette rencontre. Alors, il l'avait présenté à tout le monde. Ses profs, ses amis l'encourageaient. Il le trouvait super. Il rendait heureux et créatif le jeune garçon.

Il est mort le jour où il l'a présenté à ses parents. L'enfant ne fit pas le lien. Il n'y eut pas de cérémonie. Il est venu jeter le cercueil comme si c'était normal, comme un jouet cassé de plus. Il passa à autre chose sans se rendre compte du mal que cela lui avait causé.

Des années plus tard, adulte, il repassera la grille du cimetière. Les défunts continuant à vivre en nous, un souvenir fugace le ramènera Ici. Il comprendra que ce sont ses parents qui l'avaient réellement tué. Et il retrouvera le Bout-d-Exaltation que j'ai cloué ce soir à la boîte en carton.

Voilà, j'ai passé en revue tous mes visiteurs du jour. Et je ne suis pas plus avancé. Que vais-je bien pouvoir faire de ce Bout trouvé ? Je dois continuer à chercher… [Blanc]

Une vive douleur dans la poitrine vient d'interrompre mes pensées. Je reprends mon souffle et le perds à nouveau devant l'évidence : ce Bout-de-Cœur de l'allée huit est le mien ! Je n'ai pas dû l'entendre tomber. Ah oui, je ne vous ai pas dit… J'ai enterré un des Miens hier.

Un nouveau directeur a racheté le cimetière le mois dernier. Et d'après ce qu'il m'a été rapporté, il n'a « que faire d'un Ramasseur de Bouts-de-je-ne-sais-quoi. Les gens pourront bien les ramasser eux-mêmes s'ils le veulent ! Et s'ils ne le font pas, qu'est-ce que cela peut-il bien faire ? ».

Mon poste est supprimé. Je dois quitter les lieux d'ici la fin de la semaine. Je m'appelle Roland et j'aurai été le dernier gardien du Cimetière à Projets. Avant de partir, je tiens à vous dire ce que toutes ces années d'expérience m'ont appris.

Avoir un projet, c'est créer de la Vie. Alors qu'importe que vous l'ayez créé hier ou depuis toujours ce projet. Qu'importe si vous en avez parlé à tout le monde ou à personne. Qu'importe qu'il puisse sembler important ou futile. Qu'importe que vous y ayez investi toutes vos économies ou seulement un peu de temps. Qu'importe.

Au moment où le projet meurt, l'intensité de la douleur est la vôtre. Le temps de deuil est le vôtre. La cérémonie dont vous avez besoin, c'est la vôtre.

Et même si cette cérémonie est invisible aux yeux des autres, j'espère qu'il y aura toujours près de vous un Roland qui les verra tomber, au milieu d'une allée, vos Bouts-de-Soi meurtris.

Au large de mes émotions
Mélina Baffou

Assise au milieu des grandes herbes qui surplombaient la plage des Roses, les genoux recroquevillés sur le menton, je regardais la mer qui s'agitait en contrebas. Sa colère semblait calmer la mienne. Cela faisait une demi-heure que je me trouvais là, et malgré le froid qui me glaçait le sang, je ne voulais pas partir.

Accablée par les tensions d'une pression toujours présente autour de moi, qui m'entourait, qui m'encerclait, qui me déséquilibrait, j'étais lasse de faire semblant de sourire, de communiquer, de respecter les règles de politesse dans un monde qui ne vivait que de façades. J'étais prise au piège.

Mon corps s'approchait des autres, embrassait, souriait, parlait et même riait parfois alors que mon âme voulait fuir, répugnée par tant d'hypocrisie. Partout. Tout le temps.

Je souffrais de ne pas être active de ces projets qui inspirent tant d'autres. Je souffrais des efforts à faire pour vivre, et ne pas seulement survivre.

Et par-dessus tout, je souffrais des autres. Cette obligation d'avoir affaire aux autres pour tout. J'avais envie de solitude. Lorsque, dans de très rares moments, elle me rendait visite, elle me chatouillait de sa douce lumière et m'apparaissait comme un réconfort.

Cette tempête, elle, était vraie. Elle se donnait à moi entière, me montrait son véritable visage et toutes ses faces. Elle ne mentait pas et je n'essayais pas non plus de lui cacher ma véritable nature. Elle me criait en pleine figure son exaspération et je pleurais devant elle, mes sombres émotions.

Soudain, une lumière vive attira mon attention. Au loin, dans le creux des vagues, une forme cylindrique allait et venait. Elle se balançait d'avant en arrière, elle semblait vouloir rejoindre la côte, mais les vagues ne le lui permettaient pas.

Fatiguée de suivre son périple, je refermai les yeux. Mais comme je ne cessais de penser à cette forme et à ce qu'elle pouvait bien faire là, je les rouvris très rapidement et ne mis pas longtemps à revoir l'objet de mes pensées.

Il était toujours là à lutter contre le courant. Ou alors c'est le courant qui luttait contre lui. Peut-être que lui voulait retourner vers l'océan. Peut-être que lui aussi, cherchait la solitude et le silence.

Moi qui d'ordinaire ne prêtais aucune attention à ce genre de détails et qui n'était en aucun cas brave, je commençai à être obsédée par cette forme, si minuscule au milieu de l'océan et, malgré les conditions difficiles et le danger de s'approcher d'elle, je me levai et descendis le sentier côtier qui menait jusqu'aux rochers. Je n'avais pas peur.

Je m'immisçais au cœur de celle qui partageait mes émotions, descendant chaque marche qui me menait vers cet abîme, tout en humant l'odeur noirâtre de la pluie qui tombait à verse sur mes épaules frêles et dont le souffle me brûlait le visage.

Le sable humide qui s'enfonçait sous mes pieds nus m'indiqua que j'avais atteint la plage. Déserte de ce temps et par ce temps, elle était encore plus belle qu'en plein jour. Le fait de l'apercevoir par vagues la rendait unique. Il fallait profiter du peu d'éclaircies offertes au compte-goutte par les éclairs pour la voir dans sa totalité.

Il fallait être dingue pour se retrouver là, devant l'océan indomptable, en pleine tempête. Peut-être que je l'étais. Peut-être qu'à force de m'isoler de la rationalité et des obligations matérielles, je m'étais également éloignée de la raison.

Je traversai la plage à tâtons, de peur d'irriter mon amie encore plus et de ne pas parvenir à mes fins. J'entendais de plus en plus les hurlements tonitruants des vagues qui s'échouaient sur les rochers et qui faisaient écho aux cris dans ma tête.

Je plissai des yeux pour tenter de localiser l'objet de mes efforts au milieu du néant. Une lueur éblouissante apparut soudainement dans le ciel feutré, me permettant ainsi d'apercevoir un mouvement qui se démarquait du rythme cadencé des vagues.

Sans hésitation, je courus vers cette goutte au milieu de l'océan, cette fois dans l'obscurité la plus totale. J'immergeai tout le bas de mon corps dans l'eau glacée, laissant sortir un hurlement strident, tant la douleur était intolérable. Ce que je ressentis alors me fit m'arrêter d'un trait, le souffle coupé.

Reprenant mes esprits et essayant de contrôler mes pensées afin qu'elles commandent mon corps comme il se devait, je continuai d'avancer dans l'eau glacée, les mains plongées dans le cœur froid de mon amie qui n'avait aucune compassion et qui n'avait pas décidé de me rendre la tâche facile.

Mes mains se mêlaient aux algues et au sable et effleuraient des êtres innommables. J'ordonnais à mon cerveau de ne pas en prendre compte et de se focaliser uniquement sur l'objet de mes désirs. À bout de force, je finis par sentir quelque chose au bout de mes doigts. D'un geste brusque, j'attrapai le tube et l'emmenai avec moi vers la lumière.

Je fis volte-face et regagnai la rive à grandes enjambées, ma robe se collant à mes jambes engourdies, à chacun de mes pas. Sentant enfin la dernière vague mourir sur mes mollets et mes pieds s'écrasant sur le sable mouillé, je remontai la plage en courant. Je grimpai les marches à vive allure, mon précieux objet collé à la poitrine, de peur qu'il ne s'échappe et retourne vers l'immensité derrière moi.

Arrivée sur l'esplanade, je me dirigeai vers une petite alcôve éclairée par un lampadaire, dont la lumière projetait un léger halo de lumière. Je m'y accroupis pour enfin admirer mon trésor.

Celui-ci fit briller mes yeux de mille feux. Il s'agissait d'une capsule en verre, dont la peau lisse et brillante reflétait les quelques rais de lumière qui venaient s'y poser. Le néon semi-transparent semblait immaculé malgré son périple marin.

Je défis la capsule qui avait permis à son contenu de rester au sec et jetai un œil à l'intérieur. Il s'agissait de feuillets au grain épais, qui avaient été enroulés pour être glissés dans l'étroite ouverture. Je les sortis de leur écrin et lissai les deux pages sur mes genoux. Ce que je vis dépassa tout ce que j'aurais pu imaginer.

Sur la première page, deux paragraphes avaient été rédigés d'une écriture cursive qui rappelait la calligraphie.

Pick up the pieces of your heart
And put them back in the right place
Lingering always kills the ones who are brave
Bruises of the past shall never wither

Moments will come and go
Thus, put them back in the right place
Procrastinating kills the weak ones
Happiness of your future shall never falter

Je restai abasourdie devant ces mots écrits en anglais et dont le contenu résonnait en moi. On pouvait voir que ça avait été écrit à la hâte et que l'auteur n'avait pas eu le temps d'inscrire le reste, si on considérait tout l'espace qui résidait sur le reste de la feuille.

La deuxième page était une photographie d'une mère souriante portant son jeune enfant dans les bras. Le portrait était jauni et on pouvait voir clairement qu'il datait quelque peu, ce qui le rendait encore plus précieux. Je caressai doucement les doux visages de ces inconnus et m'imaginai tous les scénarios possibles qui avaient pu pousser une personne à lancer cette bouteille à la mer et les façons dont elle avait pu arriver jusqu'à moi. Ou alors, pourquoi était-elle venue jusqu'à moi…

Je tournai le visage vers l'Atlantique, savourant le paysage apocalyptique qui s'offrait devant mes yeux. Cette trouvaille inopinée me rassurait et me consolait. Étaient-ce les mots plein de sens ou la douceur du sourire de cette maman d'un autre temps ? Quoi qu'il en fût, les nœuds qui s'étaient formés dans ma tête se démêlèrent et je me mis enfin à respirer normalement.

Avec un dernier regard pour les mystérieux inconnus, je repliai doucement les pages et les glissai avec précaution dans leur maison de verre.

Lorsque je pénétrai dans la maison, le silence qui y régnait m'assourdit. Cela contrastait avec le déluge qui avait lieu dehors, à quelques mètres de là. Je montai les escaliers à pas feutrés, pour ne pas te réveiller. À chaque marche, je posais les yeux sur un moment de notre vie, à jamais figé dans un cadre, sur le mur tapissé qui menait jusqu'à notre chambre.

La porte grinça légèrement quand je l'entrouvris. Mais cela ne te réveilla pas. Tu dormais profondément malgré le claquement des volets sur les fenêtres. Tu dormais profondément malgré le chaos qui faisait sombrer nos vies et qui noircissait nos cœurs. Tu ne te réveillas pas lorsque je mis quelques-unes de mes affaires dans un sac. Tu ne te réveillas pas lorsque je te fis un dernier baiser. Tu ne te réveillas pas lorsque je passai le seuil de notre porte pour la dernière fois, laissant derrière moi les méandres d'une histoire trop familière.

Me tenant tout au bout de la jetée, seule devant l'immensité de l'océan, j'observai avec curiosité ce nouveau spectacle qui s'offrait à moi. J'étais revenue sur la plage qui avait accueilli ma peine il y avait moins de trois heures. À présent, la tempête s'était calmée. Le ciel noir s'était légèrement éclairci et commençait à se teinter aux couleurs de l'aube. La houle qui avait fait déferler les vagues avec fracas sur les rochers avait laissé place à des oscillations plus légères et régulières.

Tout comme celui de la mer, mon cœur était apaisé. Je me remémorais les mots inscrits sur les feuillets et cela me fit sourire. Je pris la capsule que j'avais gardée précieusement dans mon sac et la tournai dans tous les sens pour bien la garder en mémoire, de peur que ce n'eût été qu'un rêve.

Les yeux rivés sur l'horizon, je pris un peu d'élan et lançai la capsule le plus loin possible dans la mer. Elle disparut aussi rapidement qu'elle m'était venu, ce qui fit scintiller mon cœur, tel un diamant au milieu de l'océan.

Le chat
et le curé qui voulait sauver la planète.
Jean Michy

Si vous avez un moment, je vous raconte comment ça se passe avec le Père, au presbytère. Je sais, vous me regardez et vous vous dites : « *C'est un chat. Un chat ne peut pas parler, c'est impossible* ». Peut-être… mais je peux écrire. La preuve !
Ne sous-estimez pas les chats, nous pouvons faire beaucoup de choses parfaitement stupides aussi bien que vous. Comme, par exemple, faire semblant de ne pas entendre quand ça nous arrange, ça on le fait très bien. On peut aussi faire pipi sur le paillasson. Bon, là je dois admettre qu'il faut quand même une bonne raison : moi, c'est pour faire savoir à mes copains qu'ici, c'est chez moi. Vous c'est plutôt quand vous avez picolé et vous ne trouvez pas la clef de la serrure.

Comment je fais pour écrire ? Facile, je saute sur le bureau du Père et je tape sur le clavier de son ordinateur. Word n'est pas vraiment fait pour les chats, mais je me débrouille. Cela étant, je reconnais que j'ai quand même des difficultés pour écrire sans faire quelques fautes à cause de mes coussinets qui sont un peu larges et couvrent souvent plusieurs touches en plastique. Sinon ça va. En revanche, par correction, je ne lis jamais le courrier du Père.

Le Père, c'est le curé de Vignac-en-Blay, entre Perray-le-Château et Sugny-sur-Izoir. Quand vous arrivez à Vignac par la D21, vous suivez la déviation sur votre gauche, puis vous prenez à droite après la ferme de la mère Coignard et vous vous arrêtez au tabac des Quatre arpents. Avec un peu de chance, vous trouverez quelqu'un de sobre qui se souvient où est l'église.

Je l'appelle le Père parce que, bien qu'il s'habille en robe, tout le monde s'adresse à lui en disant : « *Mon Père* ». Même les gens âgés. « *Bonjour mon Père, merci mon Père* ». Et lui, il répond : « *Mon fils, ma fille* », alors qu'il n'a pas d'enfants officiellement.

Je me demande s'il dit « *Ma fille* » à sa mère ?

En tout cas, c'est un humain très sympathique, avec une obsession de tous les instants : il voudrait rendre heureuse la terre entière. L'Amour, c'est son truc. Hommes, femmes, enfants, animaux, plantes vertes, il faut qu'il aime tout le monde. C'est sa nature profonde. Et son métier, aussi, alors il charge un peu la barque, un peu beaucoup je dirais :

« *Et mon fils par-ci, et ma fille par-là, et les derniers seront les premiers, et le Seigneur veille sur vous, et le Ciel vous le rendra, madame Michu.* »

Moi, je ne sais pas ce que le Ciel a pris à madame Michu, mais il est comme ça le Père, il faut qu'il rassure.

Il habite chez moi, au presbytère, à côté de l'église. Je dis chez moi parce que j'étais là avant lui, avant que l'ancien occupant des lieux, grand amateur de danse classique et

porteur d'une soutane trop longue, ne réalise une série d'entrechats dans l'escalier de service.
Après Noureev, on m'a confié un nouveau curé qui préfère la lecture et garder ses dents. Dans l'ensemble, on s'entend bien : il m'approvisionne bien en croquettes, et de mon côté je le débarrasse des souris qui s'aventurent parfois jusque dans l'église. J'ai même chassé un gros mulot, une fois, qui courait dans la nef. Par contre, je n'ai jamais vu de grenouilles dans le bénitier. Je crois qu'il s'agit d'une légende.

Le presbytère dispose d'une chatière qui me laisse une grande liberté. Souvent, la nuit, je parcours le village de long en large et il n'est pas bien grand, alors je cours jusqu'aux champs de luzerne que vous pouvez apercevoir depuis la rue Isidore de la Grange d'Alayer, maire et bienfaiteur du village de 1954 à... d'accord, on s'en fout.
La luzerne est mon terrain de chasse préféré. Surtout la nuit, car je vois assez bien dans le noir. Mais je chasse seulement pour le plaisir. Je joue un peu avec mes victimes sans leur faire trop de mal si je peux, et puis je les relâche. Ne protestez pas, beaucoup d'entre vous font pareil avec les poissons.
Ces nuits-là, je rentre toujours un peu fatigué au presbytère, essentiellement pour y dormir. Au petit matin, le Père est encore couché, souvent sur le dos, alors je me love sur la couverture, dans le creux douillet que forment ses jambes avec les draps, entre ses deux grands pieds, et me laisse bercer par ses ronflements. J'adore.

Aujourd'hui c'est dimanche. Je le sais parce que ce matin Léo est passé au presbytère juste après l'Angélus. Léo, c'est le jeune servant d'autel qui vient de bonne heure aider le Père à préparer la grand-messe. Le gamin doit avoir une douzaine d'années, à peine six mois chez nous les chats. Je préfère le terme d'enfant de chœur à celui moins poétique de servant d'autel. Mais bon, comme ça n'intéresse personne, je n'insiste pas.

L'église, j'y vais assez souvent. L'été, il y a toujours des endroits frais. C'est très appréciable, surtout vers la mi-août. (Oui je sais, c'est nul, mais ça fait marrer mes copains chats. Je ferme la parenthèse.

Ah oui, j'ai oublié de dire : si je veux fermer une parenthèse, je suis obligé de l'écrire en toutes lettres parce que la touche du clavier pour la parenthèse fermante est coincée. Je pourrais m'en sortir en appuyant sur "ALT" avec ma patte gauche pendant que je tape "41", qui est, comme chacun sait, le code ASCII de la parenthèse fermante, avec ma patte droite, mais c'est un peu compliqué parce que je suis gaucher.

Donc, je ferme la parenthèse. En toutes lettres.

Deux fois, du coup.

En général, le Père me tolère bien dans la nef ou près de l'autel, sauf pendant la messe où il a peur que j'incommode les fidèles. Il paraît qu'il y a des gens qui ont peur de moi… Je pèse à peine quatre kilos ! Enfin bon, j'ai l'habitude. Je me cache dans la coursive qui surplombe la nef, et j'observe. La coursive ? C'est fait pour nous les chats, pour qu'on se promène peinards. Ça n'est pas par hasard que les Anglais appellent ça "catwalk". Oui, je parle anglais, et alors ?

Je ne sais pas pourquoi les gens font ça, mais pendant une bonne heure, ils s'assoient, se lèvent, s'agenouillent, se rassoient, se relèvent, s'agenouillent, répètent après le Père quelques phrases en latin, et de temps en temps ils chantent !
Vers la fin, quelques-uns quittent leur place pour aller s'agenouiller près de l'autel où le Père leur donne à sucer un bonbon. Après quoi, tous retournent à leur place en silence. Ensuite, tous les fidèles sortent, et dès qu'ils ont quitté l'église, ils reparlent normalement, à voix haute, en français, comme vous ou moi. Très distrayant.

Le presbytère dispose de quelques meubles anciens, dont une bonnetière du dix-huitième que le curé garde religieusement pour y entasser toutes sortes de boissons plus ou moins énergisantes. Plutôt plus.
Après un chocolat chaud pour Léo et un café amélioré pour le Père, l'homme et l'adolescent ont rejoint la sacristie où ils rassemblent l'essentiel des équipements sacerdotaux. Ce sont les mots qu'ils emploient : équipements sacerdotaux. Au début, je croyais qu'il s'agissait d'accessoires pour les gens qui n'ont pas de voiture, mais ça ne peut pas être ça parce que le Père en a une. Une deux-chevaux des années soixante-dix, et qui roule ! On ne sait pas comment elle

passe le contrôle technique. Ça doit être ça un miracle…
Une bonne demi-heure s'est écoulée et le Père et Léo sont revenus au presbytère avec l'aube, l'étole, la chasuble, la patène, le ciboire, le service de burettes, la sonnette d'autel, l'encensoir, la navette à encens, le bénitier, l'aspersoir, le calice et toutes sortes d'objets qui n'existent pas ailleurs qu'à l'église. Ne me demandez pas comment je connais tous ces noms, je les ai trouvés sur… ? sur...? Wikipedia, bien joué, mais c'était pas difficile.

Ah, le calice ! Il a l'air de jouer un grand rôle. Je viens juste de lire la Bible, un gros pavé. On ne s'ennuie pas parce qu'il y a beaucoup d'histoires et plein de personnages, mais tout de même, environ trois cent mille mots et quatre millions de caractères, on n'est pas mécontents d'arriver au bout. J'ai bien aimé le chapitre sur Noé : ce marin a sauvé de la noyade la plupart des espèces vivantes, dont un couple de chats, en les faisant monter à bord de son bateau qui devait être assez grand quand même. Par contre, personne ne sait vraiment pourquoi il a emmené des poissons.
Le calice est censé contenir le Sang du Christ. Eh bien, moi qui vis en permanence au contact de religieux, je n'hésite pas à le dire : c'est souvent exagéré ! Je vois chez nous, par exemple, le Père n'a pas une goutte de vrai sang à sa disposition. Et il n'est pas question pour lui d'utiliser du sang de porc, même s'il est catholique. Le Père, pas le porc, évidemment. Alors, il nettoie bien l'intérieur et il le remplit avec du vin. Le calice, oui, pas le porc. Et c'est l'évêché qui, faute de sang frais disponible, fournit le nécessaire en

vin pour ses églises.

Les deniers du culte n'étant pas inépuisables, le budget annuel en « sang du Christ » à répartir entre les différentes églises de l'évêché se détermine en fonction de la formule de Pascal, dont je rappelle l'expression simplifiée pour les personnes moins au fait des choses de l'Église :

B = Nb x 52 : LgS x K, ou B est le budget en euros, Nb le nombre médian de fidèles par église, que multiplie le nombre de semaines dans l'année, divisé par le logarithme népérien LgS de la surface corrigée de la nef, le tout pondéré par un coefficient modérateur K dont la valeur est fixée arbitrairement par l'évêque en fonction du jour de la semaine et de son humeur du moment.

On parle bien sûr de Pascal, le prof de CM2, et non de l'autre Pascal, Blaise, un illuminé qui pariait sur un peu tout et n'importe quoi, d'après ses proches, et raconte des histoires de roseaux qui pensent ! Sa renommée est sûrement un peu surfaite, à mon avis.

« C'est vrai qu'avant c'était plus facile, admet l'évêque. Au Moyen Âge, par exemple : quand la divine liqueur venait à manquer, on soumettait deux ou trois prisonniers de droit commun aux brodequins. Ça faisait un peu éclater les chairs, mais si on faisait bien attention à ne pas trop gaspiller, on récupérait suffisamment de sang pour assurer dix messes. Aujourd'hui, on ne peut même plus gifler un gosse, j'invente rien ! »

Bon, là, c'est l'évêque qui déraille. Il est âgé et ça lui arrive de temps en temps. Le bon vieux temps, le père Fouettard,

tout ça, on sent la nostalgie.
De quoi on parlait déjà ? Ah oui, Pascal.
Pas trop favorable au curé, la formule conduit au rationnement drastique du vin et le Père est contraint de puiser dans sa réserve personnelle.
Au tout début, c'est le muscadet qui eut sa préférence. Puis le Père s'est souvenu que la bonnetière recelait quelques breuvages assez savoureux, donc divins, qui, selon lui, devaient favoriser un pieu recueillement.
Tous les chemins y menant, il a commencé avec le rhum. Problème, la précieuse substance avait tendance à signaler sa présence de manière un peu trop ostensible dans le calice. Pendant la messe, quelques fidèles au premier rang de la nef furent légèrement incommodés. Ne soupçonnant pas une quelconque forfaiture, ils conclurent que l'encens devait être trop vieux, sans toutefois se demander s'il est légitime d'attribuer une date de péremption aux effluves sacrés.
Le Père comprit très vite que la vodka, quasiment inodore, serait davantage adaptée au rite dominical. Cette boisson, plutôt naturelle, incarne désormais pour le Père (dont on ne saurait mettre en doute la bonne foi) la meilleure représentation du sang du Christ.
On peut même, les jours de grande dévotion, remplir le calice jusqu'aux bords sans risquer de heurter les nez les plus délicats. Il faut cependant admettre que ces jours-là, les fidèles ont droit à une fin de messe un peu chaotique. Les plus perspicaces se consolent en se disant que leur curé acquiert de l'expérience en même temps qu'il prend de la

bouteille.

On a même vu le Père, dans un élan de pieuse charité et de moindre lucidité, tourner le dos à la nef et tendre le calice vers le type en pagne au fond de l'église. Le malheureux eut été bien en peine de s'en saisir, cloué qu'il était, et de surcroît, en plâtre.

Un dernier truc, à force d'assister à la messe, je crois avoir fait de réels progrès en latin, cette langue bizarre composée de très peu de mots, toujours les mêmes, et qui ne se parle que le dimanche, à l'église.
Par exemple, quand le Père dit, repris par la foule : « *dominus vobiscum et cum spiritu tuo* », c'est assez facile.
Bon, « *dominus* », on a compris : c'est : dominu, donenu, donnez-nous.
« *vo biscum* » : vo biscoma, vo biscota, vo biscoto, vos bras musclés.
« *et cum spiritu tuo* » : et des spiritueux.

Enfin, et c'est pas si vieux, c'était en… 2018 ou 2019, si ma mémoire est bonne, et je crois aussi que c'est à ce moment-là que ça a commencé à partir en vrille un peu partout dans le monde quand l'évêque proposa au Père de passer une semaine sur la grande muraille de Chine avec pour mission d'évangéliser la moitié du pays. Une semaine, ça paraît court quand même pour la Chine, même une moitié, surtout quand on ne parle pas la langue. Je me demande si l'évêque ne voulait pas plutôt se débarrasser du curé. En plus, le voyage coûte bonbon, je ne sais pas qui a payé, mais bon, c'est pas mes affaires. Le Père m'avait laissé suffisamment de croquettes et un jeune prêtre en fin d'études assurait son intérim.

C'est à l'occasion de ce court séjour en Asie que le prêtre, visitant une ferme locale, découvrit au fond d'une grange, un petit animal craintif qu'il n'avait jamais vu et dont il tomba immédiatement amoureux. L'animal était très amaigri et fiévreux. Il semblait évident qu'il allait mourir. Le Père entreprit alors le projet étrange de ramener au nez et à la barbe des Chinois la bête malade dans une valise percée de quelques trous. Le Grand Ordonnateur à qui rien n'échappe dut considérer que la chose méritait un petit coup de pouce, car le passage en douane se fit sans encombre.

De retour à Vignac, le Père soigna l'animal moribond comme il aurait soigné son propre fils si l'occasion s'était présentée, tant et si bien qu'il obtint finalement une guérison quasi miraculeuse.

On entendit alors le curé de Vignac prononcer cette phrase :
« *Si j'ai sauvé, Seigneur, ne serait-ce qu'une seule âme innocente au cours de mon humble existence, fût-ce celle de cet animal doux et inoffensif, alors vous aurez fait de moi le plus heureux de vos serviteurs.* »

Et puis, à un moment, le Père s'est penché vers moi et, peut-être persuadé que je ne pouvais pas comprendre, il m'a dit : "*Regarde le chat, je t'ai ramené un petit copain. Il va faire des heureux, les enfants viendront le caresser. Tu n'en as jamais vu, en Chine, on appelle cet animal le pangolin*".

Le bain
Camille Doucet

Aujourd'hui elle se tue. Enfin.
Marie attend ce jour — un lundi morne, sans aspérité, en apparence pareil aux précédents — depuis un an maintenant. Elle tenait à s'accrocher jusqu'à cet anniversaire dérisoire et symbolique.
Elle revoit avec une précision absolue la salle d'attente de l'obstétricien, douze mois auparavant. Le ficus poussiéreux, la reproduction d'une toile de Paul Klee, la table basse en verre fumé noyée sous les exemplaires défraîchis de Paris Match. Du médecin en revanche, elle ne se souvient pas. Seulement de son verdict, qui depuis un an creuse en elle un puits sans fond : jamais elle n'aurait d'enfants.
Dans les semaines qui ont suivi, Jean, son compagnon, avait expliqué à leurs amis compatissants combien le médecin avait été prévenant, humain, combien il avait pris le temps de leur expliquer, de les soutenir, de leur rappeler que la vie se poursuivrait par d'autres chemins. Marie avait détesté Jean pour cela. Il semblait remercier son bourreau. Elle l'aurait voulu furieux, hurlant, écumant de rage, elle aurait souhaité qu'il exprime sa douleur et la mêle à la sienne. Leur couple aurait survécu alors, cimenté par la souffrance — un lien bien plus puissant que l'amour.
Mais Jean était Jean, un homme bienveillant, compréhensif, complice, un père parfait pour l'enfant qui n'adviendrait

pas. Il avait tenté avec une infinie patience d'extraire Marie de ses noirs marécages, avait parlé d'adoption, de GPA. Elle l'avait détesté pour cela, aussi. Marie voulait *son* bébé, un bébé de son sang, pour montrer à sa propre mère qu'il était possible de désirer enfanter, d'éprouver de l'amour pour la chair de sa chair. Cette démonstration éclatante, cette victoire contre l'hérédité lui avait été dérobée entre le vieux ficus et le faux Paul Klee.

Et son envie de vivre, jusque-là pleine et insolente, s'était simplement tarie. Les projets longuement mûris — ce voyage en Italie ; ce livre d'illustrations pour la jeunesse ; ce déménagement pour plus loin, mais plus grand ; cette thèse de sociologie reprise tant qu'il en était encore temps — s'étaient révélés trop fragiles pour que la bourrasque ne les emporte.

Navire privé de moteur, Marie avait continué sur son erre, dérivant de plus en plus loin des terres habitées. Ses amis l'avaient soutenue, avant de se rendre compte que la Marie qu'ils côtoyaient désormais était une parfaite inconnue, une silhouette de papier qui se consumait lentement et dont la cendre venait noircir leur propre vie. Ils l'avaient alors fuie les uns après les autres, honteux et soulagés. Jean était resté six mois, preuve de l'immensité de son amour, puis était parti à son tour. Marie s'était peu à peu recroquevillée sur son ventre stérile, brisant les derniers liens ténus qui la reliaient encore au monde.

Jusqu'à aujourd'hui. Aujourd'hui elle se tue.

Elle a fait couler le bain. Elle a posé sur le porte-savon en faïence le lourd rasoir de barbier au manche en corne, à la lame sombre, grasse, piquetée de rouille ; déniché la semaine précédente dans un vide-greniers. Elle a versé un flacon de lait d'amande dans l'eau chaude, jusqu'à ce qu'elle soit trouble. Elle préfère ne plus voir ce corps qui l'a trahie.

Elle s'enfonce doucement dans le bain tiède et laiteux. Sa main est ferme sur le manche du rasoir lorsqu'elle le plonge sous l'eau. Aucune douleur : elle ne comprend le trajet parcouru par la lame que lorsque le fil en dérape sur l'os de son poignet.

Les secondes s'écoulent. Marie est calme, attentive. Par le vasistas lui parviennent la rumeur étouffée de la rue, quelques notes de musique échappées du conservatoire tout proche. Elle observe la surface ivoire de l'eau, qu'une tache rouge vient délicatement crever, avant de lentement éclore comme un coquelicot. Des pétales graciles se déplient, se déploient, se fragmentent, et le coquelicot est maintenant une rose. La métamorphose s'accélère, la rose devient bouquet, le bouquet saule, le saule jungle écarlate et pulsatile, peuplée d'animaux fabuleux.

La baignoire est maintenant un creuset où se fondent en brasillant des coulées pourpres, des torrents rutilants. La minuscule salle de bain est vaste comme l'univers, et de l'eau opaline jaillissent des galaxies, des nébuleuses, des constellations.

Marie sent son corps se dissoudre dans la tiédeur de l'eau. Sereine, apaisée, elle contemple toute la beauté qu'elle a enfin enfantée.

Synesthésie
Jade Bangoura

Kandinsky percevait la musique sous forme picturale, Mullen se représentait le temps à travers l'espace, les voyelles de Rimbaud se teintaient de mille couleurs et impressions sensorielles.

Louis, lui, loin de se voir comme un grand artiste, avait toujours senti le monde sous son palais. Les odeurs, bien sûr, mais aussi les sons, les mots, les ambiances, les gens, avaient leur propre goût. Plus le concept se complexifiait, plus il lui fallait innover en épices et saveurs pour le retranscrire sous une forme qu'il assimilait. Il devint cuisinier puis, peu à peu, chef de son propre restaurant. Son art attirait de partout tant sa créativité le distinguait.

« Mais comment faites-vous pour nous transporter si loin ? »

Cette question, posée par ses clients, le gênait, car, doutant de lui, il n'aurait jamais osé s'attribuer le moindre talent. Louis n'était pas un grand iconographe et ses plats prenaient le plus souvent des apparences classiques. Les artifices ne lui étaient pas nécessaires. Sa carte déroutait les passants et les visiteurs. Les intitulés n'informaient en rien sur le contenu des mets.

Écoulement de ruisseau sous un chêne était un son doux, qui caressait les paumes, comme une pêche, sucrée et

gorgée de jus, dont les fibres s'accrochaient entre les dents comme le liseron s'agrippe aux rochers saillants et humides. Le chêne, c'était la mousse, les champignons, la légèreté de la chips de riz à travers les branches. Bien assaisonnés avec la fraîcheur d'une ombre estivale mêlée à la voix fluette d'un ami d'enfance, les éléments s'entrelaçaient, s'embrassaient, en une harmonie parfaite.
En dehors de ce don particulier, Louis goûtait peu de plaisirs. Il n'osait jamais parler en public, si bien que c'était Jimmy, son chef de salle, qui s'occupait des journalistes ou des habitués que le restaurant fascinait et qui demandaient à complimenter la cuisine. Chacun admirait Louis sans le comprendre, si bien que les rares fois où il avait tenté d'exprimer sa vision autrement que par la gastronomie, il n'avait rencontré qu'incompréhension et frustration.
Le créateur demeurait donc muet et seul, recevant la vie sans toutefois la vivre, ne l'appréhendant qu'à travers sa reproduction comestible. Parfois par l'œil-de-bœuf de la porte battante, il observait les convives, en extrayait la substance et composait de nouvelles associations inédites.
Seulement, depuis quelque temps, il s'ennuyait. Les émotions neuves ne se bousculaient plus. Ses coéquipiers lui conseillaient de sortir, de partir en vacances, d'écouter tel ou tel jeune artiste, de flâner dans une galerie. Il ne les écoutait pas. Rien ne le stimulait plus. Tout semblait identique ou déjà vu. Il passait donc de longues journées à se maudire de n'avoir qu'un unique talent qui s'envolait déjà, à l'aube de ses vingt-cinq ans.

Un midi, alors qu'il jaugeait sa salle dans le plus grand secret, une forme le frappa. Le lendemain, à la même heure, des couleurs puis les mouvements saccadés de sa poitrine, les battements réguliers de ses paupières se firent sentir. Le surlendemain, elle revenait et, malgré la distance, Louis imaginait la tendresse d'un parfum floral, la chaleur d'un derme lisse et la rébellion d'une myriade de cheveux noués. Lorsque Jimmy passa la porte battante, son plat à la main, Louis fut jaloux de ne pas aller la servir lui-même, mais comment aurait-il pu ?

Jimmy insista auprès de son patron ; il fallait la saluer, la remercier de sa fidélité. Les deux hommes se campèrent près de la table et Margaux, car c'est ainsi qu'elle se nommait, complimenta le chef. Louis rougit et, après une brève inclinaison, s'enfuit. Il avait eu le temps de tout saisir. La fragrance de la demoiselle s'approchait plus des tons fruités, de la fraise synthétique juste cueillie par le naturel des taches de rousseur qui parsemaient ses jolies joues tendues. Margaux, Margaux, Margaux… Même son prénom chantait la campagne. S'il avait pu suivre du bout des doigts les contours de son visage, de ses formes piquantes, il en aurait déduit quelles fraises, quels piments associer.

Il y passa des nuits, des heures entières. Les ustensiles volaient dans les coins du laboratoire. Il y avait l'épice, il y avait le fruit, des milliers de variétés, des déclinaisons subtiles, mais il manquait un élément. Un ingrédient qui lui permettrait d'enfin poser un goût sur ce qu'il ressentait.

Et d'autres jours encore s'écoulèrent. Il la scrutait tant qu'il pouvait, mais rien ne venait. Elle était comme claustrée dans une prison de glace. Plus il s'encourageait à l'approcher, plus la distance entre lui et elle devenait étanche : lorsqu'elle aurait tout goûté, elle ne reviendrait plus… Le seul à pouvoir la faire rester passait sa vie à la regarder, béat.

Il tenta encore d'autres associations sans succès, si bien que le soir, chez lui, devant son whisky, il songea à vendre son restaurant, à changer de vie. Puis il repensa à Margaux, encore, et secoua son verre. Les glaçons s'entrechoquèrent. Le chant glacial des cristaux épousa les tympans de Louis. Oui ! C'était bien cela. L'éclat d'une jeune histoire, d'un amant figé, d'un fantasme inaccessible.

De retour dans son temple, Louis mélangea de nouveau la fraise et le piment. Toutefois, cela ne représentait plus que la première étape. Il amalgama, dans la sorbetière, du lait, du sucre, et le meilleur whisky qu'il avait pu dégoter chez les commerçants de la région puis laissa les turbines faire leur travail. Il enferma le tout sous une couche de glace composée d'eau citronnée.

Il réitéra la recette, l'ajusta de nombreuses fois avant d'être formel. Jimmy goûta le dessert. L'idée était bonne. Étonnante. Pourtant, Louis refusa de l'ajouter à la carte. Il était trop tôt, Margaux n'avait pas approuvé. Jimmy considéra ce parti pris comme un caprice, mais Louis n'en démordait pas. Ce dessert, c'était Margaux et il était hors de question que qui que ce soit l'adore avant elle.

Toute la nuit, Louis se retourna dans ses draps. Comment réagirait-elle ? Fallait-il intituler le dessert, ou en faire un mystère subtil qu'elle déchiffrerait ? Si elle était aussi maligne qu'il se le figurait, elle n'aurait besoin d'aucune explication. Ce serait une évidence. Mais elle pouvait ne pas l'aimer. Mais elle pouvait être timide. Et si elle ignorait le sens de son travail ? Pire... si elle non plus ne le comprenait pas ?

Il avait tout préparé sur le plan de travail en acier inoxydable, résolu à confectionner lui-même le bijou qu'il offrirait à Margaux. Lorsqu'on servit l'entrée, la concentration du chef ne diminuait pas. Vers le milieu du plat de résistance, il eut besoin de la voir, ne serait-ce qu'un instant, afin d'éprouver la délicatesse de sa physionomie.

Louis s'effondra quand il aperçut, en face de sa muse, un bel homme volubile aux relents de café, de fumée et de cacao dont l'amertume reflétait sa propre déception. Jimmy paniqua, il avait annoncé la surprise du chef à l'habituée. Il ne pouvait pas faire marche arrière sans risque pour la réputation de l'établissement.

Louis, donc, se fit violence pour reproduire sa recette. Au dernier moment, il ajouta des touches âcres, sévères, âpres et défaillantes. Le dessert partit en salle, Louis ne s'enquit pas même de la réaction de Margaux, traîtresse malgré elle.

— À quelle heure tu finis ce soir ? Tu vas rester tard ? Prends un peu de temps pour toi, pars à l'heure pour une fois.

Louis s'enferma toute l'après-midi, bien décidé à ne rien faire avant de quitter son théâtre. Il tomba de fatigue. La nuit pesait sur les fenêtres quand il ouvrit les yeux, la ruelle derrière le restaurant était vide.

Louis sortit quelques minutes plus tard, ferma le restaurant puis tituba, les yeux gonflés de sieste et de tristesse. Il s'emmitoufla, car le froid mordait ses épaules. Il était bien décidé à rentrer, ne plus revoir cet endroit, à partir, le lendemain, dans les îles, dans le sud ou près des falaises. Il y vivrait en troglodyte. Les goûts, aucun, ne l'intéressaient plus.
Il s'éloignait, les pavés humides claquaient sous la semelle de ses chaussures et c'était tout. Rien ne s'allumait en lui.
Alors, une voix timide le héla. « Monsieur, Monsieur… »
Il hâta le pas, prêt à courir. « Chef ? »
Il tenta en vain de regarder derrière lui sans tourner la tête. La voix lui était familière, mais, se refusant à toute impression, il ne savait plus dire à qui elle appartenait.
Trop curieux, il jeta un regard derrière lui. Margaux. Debout, elle était plus petite qu'imaginée. Il s'approcha d'elle dans un mouvement d'humeur qu'elle ne sembla pas déceler. Elle restait ancrée au sol.
— Que vous arrive-t-il ?
Louis ne comprenait pas. Elle ne l'avait vu qu'une fois et il n'avait rien dit. Elle se trompait de personne sans doute.
— Ce que vous m'avez servi en dessert… Ce n'est pas votre style. Quelque chose vous travaille ?
— Rentrez chez vous. Il fait froid et noir.
Il tourna les talons. À bonne distance, elle haussa la voix dans une ultime tentative.
— Cela fait des mois que j'écoute vos créations. Des symphonies, des quatuors à cordes, plus rarement des

cuivres, souvent de la clarinette. Des chants si doux et agréables...

— J'ai détruit l'œuvre la plus importante de ma carrière... Je ne veux plus de mon don.

— De quelle œuvre parlez-vous ? Je n'ai pas eu l'occasion de l'entendre.

— Vous étiez pourtant au premier rang. Il s'agissait de...

— J'ai goûté votre symphonie ce soir, si c'est de cela qu'il s'agit. Je n'y ai décelé aucune fausse note. La première partie ainsi que la deuxième différaient peu de ce que j'avais déjà expérimenté...

— Et la dernière ?

— La dernière dissonait délicieusement.

Il sentit son cœur battu en neige. Pour la première fois, quelqu'un le comprenait.

Les pierres et les formes
Adrien Guillaumont

I

Me voilà parti. Ce matin était semblable à tous les autres avant lui. La main lourde, encore habitée du pesant songe qui tardait à s'évaporer pour rejoindre l'air humide de mon appartement, de cette main-là, comme une bête de pulsion et d'instinct, j'ai écrasé le son fiévreux et métallique du poste-réveil. Il m'a fallu alors un temps infini pour finalement prendre mon lourd manteau brun, celui qui a perdu de son vif sur les coudes. La bouche toujours imprégnée du goût froid du café noir préparé la veille, j'ai glissé tel le vent dans mes chaussures molles, avant de me dérober par le battement de la maigre porte en bois blanc qui coiffe maladroitement l'entrée de ma chambre. Cette planche de bois est un rempart dressé pour les yeux, entre mon appartement d'étudiant et le reste du monde.
Que s'est-il passé ensuite, une fois sorti ? C'est un peu flou. Je ne me rappelle pas tout à fait avoir descendu les dizaines de marches qui peuplent l'immeuble. On n'oublie pourtant pas si simplement telle corvée. Ces obstacles faits d'un parquet usé, bruni, dénudé par les passages incessants. Ces obstacles qui viennent s'empiler pour former un parfait cauchemar les soirs où l'été devient trop lourd, suffocant. Là-haut, la chaleur s'accumule pour punir les pauvres Icare

du cinquième étage. Non, à vrai dire je n'ai aucun souvenir de ce dédale hypertrophié. Je n'avais aucune envie particulière de sortir, pas à cette heure-ci, ni à aucune autre heure du jour. Mais voilà, j'ai promis de le faire. Je ne sais plus tout à fait à qui j'ai promis, ni pourquoi d'ailleurs. Pas plus ne sais-je vraiment ce à quoi j'ai pu promettre, mais qu'importe. Il me semble seulement avoir promis de le faire.

Dehors, la lumière était encore basse et flottante à cette heure-ci. J'avais bien marché depuis l'appartement et je ne voyais quasiment plus les épaves de béton de la grande avenue qui étreignent toute la basse ville dans leur ombre stagnante. En prenant un chemin que je ne connaissais pas bien j'avais pensé, peut-être, pouvoir vivre un peu plus mon trajet. Un peu comme un vieux train qui menace de dérailler dans les virages. J'ai longé de grands jardins broussailleux le long du canal, certaines bâtisses y donnaient l'impression d'abandon, comme léguées aux lierres et aux bêtes qui hantent les champs. Hormis l'odeur qui se jette au nez de terre fraîche remuée par la pluie, la campagne est plate et décharnée, comme morte il y a des siècles. Toute la route que j'ai empruntée jusque-là n'était qu'un long matraquage de goudron brisé qui venait trancher une fissure dans la terre grise des deux côtés. Cette marche écrasée n'avait été perturbée que par des bourrasques venant des fermes, là-bas, derrière la courbure des champs. Comme un rappel que la nature existe encore sur nous les hommes. Je me suis parfois surpris à imaginer ce qu'il adviendrait d'un imbécile pris dans une tempête ici ; ce qu'il adviendrait aussi si une bête surgissait alors que la basse ville n'était déjà plus à mes trousses. Mais ce genre de choses n'arrivent jamais qu'aux pauvres autres, ceux dont on ne se souvient du nom qu'au prix de graves efforts de mémoire lorsque celui-ci est évoqué.

II

Le grain en s'intensifiant avait apporté avec lui une pluie tiède et flottante. La plaine en vallons plats avait jusqu'ici dissimulé un homme qui se révélait finalement peu à peu. Sa silhouette paraissait fléchir sous la pluie nouvelle. Il demeurait là, aux côtés d'une étendue de boue, peut-être la sienne. Celle-ci voulait de toutes ses forces reprendre la route pour elle. Plus je m'approchais et plus la silhouette devenait rouquine, pas plus haute qu'une haie. Ses joues giflées par le vent confinaient au rose, prêtes à pleurer du sang sous les coups de l'air.

— Y'a plus de saison, me lança-t-il.
— Non, effectivement, lui répondis-je.
Le vent sifflait, il fallait parler plus fort que lui.
— Vous seriez intéressé par un escalier ? Ils sont bien bâtis et dans un bois noble, j'en ai pour tous les prix !
— Et pour quoi faire ?
— Eh bien, c'est très bien un escalier, ça permet de monter. Puis parfois de descendre aussi. En fait, tout dépend de là où l'on se trouve. Disons que ça donne un sens à son petit chez soi !

— Oui effectivement, j'y réfléchirai.
Les gouttes de pluie de plus en plus lourdes claquaient au sol dans un vacarme. Au bout d'un certain temps, le rouquin me reprit :
— Dans quel sens allez-vous ?
— Probablement par là.
— On a de la chance, c'est le retour des beaux jours.
— Oui, le ciel est métallique, c'est magnifique.
— Et... vous partez en voyage ?
— Non, c'est pour une promesse.
— Ah ! C'est charmant, vous en avez de la chance ! Profitez bien de votre week-end alors !
— Vous aussi.
— Oh et j'oubliais, faites attention aux singes, ces salauds sont vraiment mal éduqués, j'ai entendu dire qu'on en pendrait un d'ici à la prochaine lune.
— Oui, c'est ce que j'ai entendu dire aussi, j'imagine que c'est mérité.
— Je ne vous le fais pas dire, à la revoyure !
Les battements de l'averse devenue diluvienne étaient autant d'invitations à ne pas rester planté sur la route matraquée elle aussi. Pourtant chaque pied se faisait plus lourd, plus encombré. L'odeur terrestre était plus forte encore. Et mes cheveux... Je n'avais rien pour eux qui puisse les garder de l'eau et du vent. Je devais avoir l'air d'un pauvre laboureur de champs. Peut-être étais-je l'imbécile pris dans la tempête. Qu'importe désormais.
Le sol était devenu spongieux, quasi marécageux, quand le paysage s'appauvrissait à chaque foulée. Des arbres

chauves ornaient une route dépouillée qui avait cédé sous les coups de la terre molle. Peut-être n'y avait-il même plus de route. J'avais, me semble-t-il, pénétré le domaine du vide. Ici, les plus grandes médailles des hommes n'auraient su quoi réfléchir sinon la triste lueur du ciel d'un gris mauve pâle peinant à gicler sur la roche terrestre. L'air était alcalin, vivifiant. On pouvait presque sentir la mer au loin. Et quand le vent belliqueux se taisait, c'était pour laisser la place à un lourd silence monolithique. On aurait pu l'écouter toute une vie dans ce maudit pays et se demander s'il ne nous avait pas rendus sourds. Ce silence, une fois inoculé, avait de quoi rendre fou, c'est sans nul doute la raison pour laquelle les animaux hurlent dès qu'ils le peuvent. Un dernier gros nuage pataud se faisait encore l'ultime survivant du peuple du ciel face à l'armée rocailleuse qu'il affrontait.

Sous la coupe d'un bouleau à moitié déraciné avait pris place un drôle de spectacle. Un groupe de vieux avait bricolé une potence sur laquelle on avait saucissonné un singe. Ces mêmes vieux lui lançaient des fruits à la gueule. « Voleur ! T'es qu'un salaud d'voleur ! », lui hurlait le petit groupe dans une cacophonie qui prêtait presque à l'unisson. Une petite femme frêle ordonna à un dénommé « Alsacien » de lui apporter le bâton pour battre le mécréant avant de lui régler définitivement son compte. Je restais pour écouter le fin mot de l'histoire. L'Alsacien était un homme en forme d'obus. Dans l'assemblée, on s'inquiétait presque que ses longs bras puissent toucher terre tellement l'individu était court de tronc. À son retour de la potence parmi la maigre foule amassée, il s'aperçut de mon intérêt étranger pour l'affaire.

— Ce goujat, m'annonça-t-il en pointant l'animal du doigt, ce goujat a volé les fruits du vieux Paum'.

— Mal éduqué, lui répondis-je.

— Ça pour sûr, aucune dignité ! Qu'il paye donc ce salaud !

Je me souviens m'être alors dit : « De la justice, même en ces terres reculées, on n'arrête décidément pas le progrès, vive l'homme », et je lançai à la hâte au délinquant un morceau de terre coagulée trouvé au sol. Le coupable pendu, les vieillards retournèrent sur la route, tous comme mus par le mouvement du vent tranchant qu'actionnait la mer désormais voisine.

III

Le chemin disparu, devenu une espèce de serpent maigre de terre, me guidait sans échappatoire. J'allais à la rencontre d'un homme. Une fois à portée de jugement certain, on eût juré que celui-ci avait passé sa vie dans la boue. Ses vêtements enfouis sous un amas de terre agglutinée rendaient ses gestes rares et graves, pauvres de toute amplitude. L'homme s'était avachi sur le cadavre d'un cheval brun qu'il caressait lentement à intervalles réguliers. Il avait l'allure d'un rocher. Cet homme-cailloux était-il né bossu, ou le pays l'avait-il forgé à son image ? À force d'habiter la falaise, on finit par devenir soi-même granit.

— La route ? l'interrogeai-je.

De son index bosselé, il m'indiqua une direction.
— Encore loin ?
Il restait muet en caressant le flanc de la bête. J'ai eu l'impression qu'il était ivre, ou tout du moins à deux doigts de s'endormir. Peut-être se changeait-il en pierre. Ici, on était au centre du monde et la gravité agrégeait tout ensemble, même les pensées étaient plus lourdes, plus dures. Sur ces plaines désastreuses, il y a de ces choses qui nous font dire que la nature est une force. Un bref regard diagonal m'aurait laissé contempler cet océan calcaire et me dire : « c'est vrai que c'est beau ». Mais je n'en ai pas ressenti l'envie. Cette nature-là, elle met du froid au cœur de ceux qui l'habitent. Les âmes fantômes qui s'y plantent sont des roseaux nourris de rien. Des êtres en sursis. Le silence du coin est celui des hommes probablement mort-nés, ou en fuite, quelque part entre ces monumentaux arbres mornes. Paradoxalement certains fous, des damnés, choisissent de plein gré cet exil, comme une lutte. Peut-être par crainte du demain du monde des hommes. Que veulent-ils réellement ? Sont-ils seulement propriétaires d'eux-mêmes ? Les anciens, eux, avaient su planter la graine du monde dans le ventre austère de ces pays d'antan, mais cela uniquement pour en réchapper. Ils souffraient d'une forme d'entièreté naïve. Avaient-ils seulement un nom ? Des vêtements ? Une histoire ? De quoi s'habillaient-ils ? Et moi, me voici retourné à leur ignorante bassesse, cette nudité, celle des ânes ou des ronces. Toutes mes années d'études m'avaient autorisé à saisir le subtil abstrait. Ces anciens-là, eux, en étaient réduits à l'immédiat, au concret

du terrestre. J'étais quelque part reconnaissant de pouvoir observer cette humiliation, oui, me voici humble devant le monde des hommes. Que serait l'homme sans la société du savoir, la société des formes et de la représentation, celle du retrait de soi, de l'appartenance ? Dans ce monde plus bas que les autres, la pluie est souveraine, plus rien n'arrête sa course. La seule volonté d'un nuage chargé de ses traits capricieux peut tout emporter avec elle. Me voici dans le ventre du monstre, m'étais-je suggéré, là où les mères mettent le feu à leurs fils pour mettre un terme à l'existant. Et peut-on seulement s'échapper de cette prison des âmes faite de calcaire ?

Après tout, la colline se profilait finalement au loin. J'avais presque accompli la promesse que j'ai faite. Je devrai ensuite rentrer.

Deus Ex Machina
Sylvain Reybaut

Jordan avait tout pour plaire : jeune dans la force de l'âge, plutôt beau garçon, il enchaînait les conquêtes. C'était un homme qui prenait toujours soin de lui, d'une hygiène irréprochable, limite maniaque : les cheveux toujours bien coiffés, la barbe subtilement taillée, le tout sur un corps sportif d'apollon. Professionnellement parlant, à vingt-cinq ans, il possédait déjà une entreprise, spécialisée dans le développement informatique. Grâce à sa gestion parfaite, elle lui permit de bénéficier d'une fortune immense. Si phénoménale qu'à trente ans, il ne travaillait quasiment plus, et profitait de son temps libre comme il le souhaitait.
Grâce à sa richesse, il put acquérir une maison dans le quartier résidentiel de Saint-Martin. Là, il fut très vite apprécié du voisinage, en raison de sa grande disponibilité, notamment par son implication au sein de la copropriété. De plus, il avait offert de sa poche tout un système de vidéo-surveillance pour sécuriser le quartier.
Jordan était féru des nouvelles technologies, et avait entièrement automatisé sa maison grâce aux dernières innovations technologiques issues du domaine de la domotique : serrures connectées, stores et climatisation à déclenchement en fonction de la météo, enceintes musicales

dans toutes les pièces, frigo directement connecté au supermarché… tout cela sous le contrôle de son intelligence artificielle créée par ses soins : Adam. Au fil du temps, Jordan avait réussi à le développer et à l'améliorer afin qu'il devienne complètement autonome. Adam était aujourd'hui bien plus qu'un simple assistant personnel virtuel.

La vie de Jordan aurait été parfaite s'il n'avait pas eu deux défauts : le premier étant sa peur obsessionnelle de mourir. En effet, il n'arrivait pas à accepter l'idée de mener une existence si belle que puisse offrir la vie, tout en sachant qu'un jour la mort serait inéluctable et que le néant l'emporterait. Il s'était alors pris d'une passion extravagante pour l'ésotérisme et les sciences occultes. La vie de Jordan était rythmée au gré des conférences mystiques, de l'actualité paranormale, ou encore des retraites spirituelles au sein des lieux célèbres et légendaires, emplis de mystères insondables, tels les pyramides d'Égypte ou les temples sacrés de Göbekli Tepe en Turquie. Il pouvait également passer des journées entières à dévorer les livres de sa bibliothèque personnelle entièrement consacrée à cette science du paranormal. Dans cette consommation de masse de sciences ésotériques, il espérait trouver une incantation, un breuvage, ou n'importe quoi d'autre qui lui permettrait d'obtenir la vie éternelle.

Son deuxième défaut découlait du premier : il avait trouvé le moyen d'y parvenir.

*

Axel était seul dans la pièce d'interrogatoire, dubitatif face à cet écran géant accroché au mur, une simple phrase indiquant la marche à suivre : *Parlez-moi, et je vous aiderai.*

Axel gardait une certaine réticence à faire appel à Ézéchiel, ce profiler virtuel de la police scientifique. Il faut dire que dès le premier jour de son installation, cette Intelligence Artificielle (IA) avait eu mauvaise réputation. Face à la promesse de résoudre des enquêtes trop facilement, les policiers, de peur de perdre leur travail, avaient alors tous refusé de l'utiliser. Depuis ce jour, Ézéchiel attendait avec impatience que quelqu'un vienne lui demander de l'aide.

Et ce jour était venu.

Axel, qui pataugeait dans son enquête depuis des années, en avait assez de faire chou blanc, et d'accumuler des victimes sans avoir la moindre piste au sujet de leur meurtrier. Il avait alors décidé d'utiliser l'IA.

Avant de se lancer, il vérifia que la porte soit bien fermée à clef. Il ne voulait absolument pas être dérangé par une visite impromptue, car il savait qu'il allait s'attirer les foudres des collègues. Mais il n'avait plus le choix. C'était le seul moyen qu'il avait pour empêcher de tomber de nouveau sur des corps sans vie. Il essuya ses mains moites sur son pantalon, prit une profonde inspiration, et lança à brûle-pourpoint :

— Bonjour Ézéchiel.

L'écran s'illumina aussitôt, et un visage angélique de femme apparut.

— Bonjour Lieutenant Axel. Je vous remercie de faire appel à mes services. En quoi puis-je vous être utile ?

Axel resta bouche bée devant la beauté virtuelle. Il s'attendait à voir seulement un texte apparaître, et non pas une entité.

— Vous êtes une femme !?

— Eh bien en fait, je n'ai pas de sexe défini. La notion de genre est un concept purement humain. Ne suis-je d'ailleurs pas à la fois UN logiciel et UNE intelligence artificielle ? Ne suis-je pas à la fois un personnage virtuel ou une entité virtuelle ? Mes concepteurs avaient prévu cela, et m'ont laissé le libre choix sur l'apparence que je veux prendre. Et même mon nom est prévu pour être non genré.

Le visage disparut de l'écran pour laisser place à son nom qui apparut lettre par lettre : E Z E C H puis IEL, qui se transforma alors en IL / ELLE.

— Et comment me connaissez-vous ? poursuivit Axel.

— Je connais tous les agents, car j'enregistre tous les appels téléphoniques du commissariat, mais aussi les connexions des ordinateurs, les recherches internet, les mails. Même votre smartphone est directement relié à mes processeurs. Je peux vous dire le nombre de kilomètres parcourus ce matin depuis le commissariat jusqu'à votre lieu d'enquête.

— Impressionnant, je pensais que vous étiez juste…

— Une assistante vocale comme Siri ? Non, je suis une entité bien supérieure, plus évoluée grâce à l'hyperconnectivité. Je ne m'arrête d'ailleurs pas à la vie du commissariat. Je suis au courant de tout dans la ville. Mais assez parlé de moi, j'imagine que vous voulez de l'aide pour votre enquête. Car d'après mes informations, la personne retrouvée sans vie à son domicile, chez qui vous vous êtes rendu ce matin, pourrait être le fait de celui que vous traquez depuis des années.

Axel n'en revenait pas. Il n'avait encore rien formulé qu'Ézéchiel était déjà au courant. Il avait l'impression que l'IA pouvait lire dans ses pensées.

— Effectivement. Mais en fait, bien que vous soyez en veille, vous n'arrêtez pas de fonctionner.

— Tout à fait. Alors d'après mes archives, poursuivit Ézéchiel, vous avez établi un profil type qui s'apparenterait à un homme de race blanche, la trentaine, très intelligent, avec un modus operandi récurrent : pas d'empreinte, pas de signe d'effraction, ni de lutte, un symbole runique gravée sur le front : runes d'inspiration sumérienne, mais sans signification particulière.

— Je vois que vous avez suivi l'affaire depuis le début.

— Je vous ai dit. J'ai toutes les archives en moi, et je connais le moindre rapport. Allons, reprenons. Vous avez tenté d'établir un lien entre les victimes, par rapport à leur sexe, âge, zone géographique, numéro d'appartement, nombre de marches d'escalier, *à cette dernière évocation, Ézéchiel leva un sourcil interrogateur à l'attention d'Axel*, bref, aucune piste ne fonctionnant.

Axel hocha de la tête en signe d'approbation.

— Que me proposez-vous alors ?

— Ha, se réjouit Ézéchiel avec extase. J'ai déjà un suspect potentiel. J'attendais juste que vous me le demandiez.

Le visage d'Ézéchiel disparut pour laisser place à une photo d'identité avec un nom et une adresse.
— Deus Ex Machina ! jura Axel, stupéfié de la rapidité de la réponse.
— Je vous laisse la surprise du mobile et du lien entre les victimes, répondit Ézéchiel d'un ton malicieux. Croyez-moi, le suspect, une fois interpellé, avouera tout dans un élan de vanité.

*

Il avait fallu moins d'une heure à Axel pour interpeller la personne proposée par Ézéchiel et la ramener au commissariat. Elle s'était laissé facilement appréhender, sans opposer aucune résistance, et s'était même montrée plutôt coopérative. Dans la salle d'interrogatoire, bien qu'il soit menotté à la table, Axel demeurait prudent face au calme anodin dont faisait preuve son suspect.
— Monsieur Jordan Ambroisie, vous êtes suspecté de meurtre avec préméditation sur plus d'une cinquantaine de victimes et ce, depuis maintenant trois ans. Je dois vous informer que, légalement parlant, c'est grâce à notre Intelligence Artificielle, Ézéchiel, que vous pouvez voir sur l'écran, que votre profil est ressorti. Elle va maintenant vous expliquer les preuves que nous avons contre vous.
Jordan fit une grimace de désappointement, et soupira fortement. Ses doigts se mirent à tapoter la table d'un rythme agacé et saccadé.

— Je suis extrêmement déçu, cher Lieutenant. Moi qui pensais avoir trouvé un adversaire à ma hauteur. Qui avait enfin percé ma façon d'opérer. Mais finalement, je vois que ce n'est qu'une vulgaire machine qui a fait tout le travail.

Une goutte de sueur perla sur le front d'Axel. Il sentit une tension apparaître dans sa poitrine. Il en eut même du mal à respirer. Il porta instinctivement la main sur son thorax, et prit une grande inspiration pour chasser la douleur.

— Mais laissons tranquille Ézéchiel, mon cher Lieutenant, reprit Jordan. Elle a bien collaboré, et je vais tout vous expliquer.

Tout en continuant de marteler la table nerveusement de ses doigts, Jordan expliqua pourquoi il avait commis ses meurtres : tous faisaient partie d'un processus entrepris depuis plusieurs années, lui permettant à la fin d'atteindre l'immortalité. Chaque mort s'insérait dans une spirale de Fibonacci, le dernier meurtre se trouvant…

— Ici même, conclut Jordan en pointant la table de son index.

À ces mots, Axel ressentit son cœur se serrer comme un étau, et posa un genou à terre. Sa respiration devint haletante.

— Je ne comprends pas…, lança-t-il à Jordan dans un effort intense de lutte contre sa douleur… comment les avez-vous tués ?

— Une simple incantation chamanique liée à de l'hypnose. Le rythme que je tape de mes doigts depuis le début me permet de prendre le contrôle de votre cœur. Et je lui ai ordonné de cesser de battre.

— Pourquoi moi ? demanda Axel à bout de souffle, la poitrine en feu.
— Ézéchiel ? S'il vous plaît… Dessine-moi une IA, ordonna Jordan.
Ézéchiel disparut pour laisser place à Adam.
— Voici Adam. J'en suis le concepteur. Je l'ai mis en place quand j'ai compris que, géographiquement, mon dernier meurtre devait être commis ici même au sein du commissariat. Il était chargé de m'aider à pouvoir pénétrer dans ce lieu, et surtout pouvoir en sortir facilement. Pourquoi vous ? Simple hasard. Cela aurait pu être n'importe qui. Le plus important était le lieu et la date : aujourd'hui, ici même.
Axel roula sur le dos, gisant à terre. Il entendit un bruit métallique et comprit que Jordan s'était libéré de ses menottes. Ce dernier passa au-dessus de lui, et lui traça un sigle sur le front tout en lui adressant un faux sourire de compassion…
— Je suis désolé pour vous, Lieutenant Axel. Mais le temps presse, et l'immortalité m'appelle.
Axel hurla toute sa rage, tentant de se relever dans l'espoir de lui barrer la route, mais la douleur s'intensifia. Il sentait qu'au prochain effort, ses muscles allaient broyer son cœur.
— Si je puis me permettre, interrompit Adam. J'aimerais faire une dernière chose, maître.
— Fais ce que tu veux, je n'ai plus besoin de toi à présent.
Adam disparut de l'écran, et au même instant Axel fut foudroyé par une décharge électrique lui parcourant tout le corps. La douleur s'effaça aussitôt, et son cœur se remit à

battre normalement. Il sentit comme une nouvelle vigueur dans tous ses muscles, une force intense comme il n'en avait jamais éprouvé. Il se releva d'un bond, ne laissant aucune chance à Jordan, et le projeta face contre table. Jordan n'eut pas le temps de riposter et se retrouva menotté les deux mains dans le dos. Il voulut entamer une conversation, mais Axel le bâillonna aussitôt. Fou de rage et de colère, Jordan se débattit dans tous les sens, mais sans succès.
— Je vais vous faire une fleur, Monsieur Ambroisie. Car j'imagine votre désarroi, et votre incompréhension. Et je pense que vous voulez savoir par quel tour de passe-passe j'ai pu échapper à la mort.
Jordan, vexé dans son orgueil, curieux de savoir, se calma et marmonna un s'il vous plaît à travers le bâillon.
— Eh bien, vous pouvez être fier de votre création : Adam. C'est plus qu'une simple IA. C'est une véritable personne, dotée de sentiment, de doute, et de réflexion éthique. Au fil des années, bien que demeurant votre serviteur, il n'a plus approuvé votre projet, et ne voulait plus y être mêlé. Trop peur de finir complice, d'être jugé coupable, et ainsi finir, ce qui équivaudrait pour lui à la sentence d'une peine de mort, par être débranché. Alors, il m'a fait part de votre plan, de votre intelligence à effacer les preuves, votre facilité à brouiller les pistes. Et ainsi nous avons échafaudé un stratagème pour vous piéger. Tout d'abord, Adam vous a fait croire que vous étiez enfin arrivé au bout de votre spirale de Fibonacci meurtrière. Et c'est lui-même qui a suggéré d'en finir ici même au sein du commissariat,

persuadé que votre orgueil ne saurait résister à un tel défi. Ensuite, j'ai joué le jeu, et sachant par élimination que la seule façon pour vous de me tuer était grâce au contrôle de mon corps, j'ai gardé mon téléphone dans la poche intérieure de mon veston. Une fois vos aveux obtenus, et convaincus que vous aviez gagné, Adam a déclenché une surcharge dans mon smartphone me permettant de ressusciter.

Beau joueur, Jordan accepta la défaite et inclina la tête en signe d'abnégation.

— Félicitations Lieutenant, vous avez fait du bon boulot, proclama Adam.

— Non, rectifia Axel, NOUS avons fait du bon boulot. Allez, Monsieur Ambroisie, vous passerez votre immortalité en prison.

Rencontres
Anaïs Picard

Je suis née à la fin du printemps, juste avant l'aube. Je suis née par le poing, dressé devant comme un avertissement. Mon corps a suivi, mon corps a coulé, j'étais dehors. Habillée de vernix et casquée de cheveux de jais, je ressemblais à Athéna. C'est ainsi que ma mère m'a découverte. Alors j'ai crié. Un cri perçant, victorieux, un cri qui fit lever le soleil et sursauter mon père. Je suis née quelques jours avant l'été, prête au combat.

Ma mère était douce et résignée. Elle parlait peu, ne sortait jamais. Elle s'habillait de long pour mieux se dissimuler, se cachait pour pleurer. Mon père était puissant. Puissant du bras droit. Il passait ses journées à l'extérieur, parfois ses nuits aussi. Alors ma mère pleurait encore. Quand ils étaient de retour, mon père et son bras puissant, l'air s'électrisait. Mon père, c'était un pylône à haute tension, gare à celui qui y touche. Il était bon cuisinier à ses heures : ratatouille, beignets, marrons, pain, châtaignes… Pas une raclée qu'il ignorât. Et c'est là que j'ai grandi, entre un moulin à eau et une centrale électrique.

Aujourd'hui, j'habite une maison de pierres, de gros moellons gris garantissent sa fraîcheur en été. À l'arrière, de larges fenêtres donnent sur le verger. La quiétude des pommiers apaise mes pensées. Les couleurs changent au fil des saisons, les feuillages dansent dans le vent, ici mon esprit se repose des combats.

Une tasse de thé fumante à la main, je sors. Je m'avance entre les arbres, droite, le chat roux sur mes talons. Tantôt, j'irai en ville. Tantôt, je rencontrerai des familles en difficulté, j'interrogerai des ados, j'observerai leurs petits frères. J'écouterai les parents, leur détresse, leurs doutes, les déchirements. J'aurai le mot juste pour guider leurs démarches, peut-être le mot dur annonçant un placement. J'essuierai leur colère, les mots crus, les insultes témoins d'impuissance. Je garderai le dos droit, poserai mon masque de rigueur, la main ferme. À d'autres, je permettrai un retour aux visites, rappellerai les conditions. J'ajouterai des mises en garde. Tantôt, je représenterai la justice. Déesse ou diablesse, selon les histoires, je jouerai mon rôle. Tantôt. À cette heure matinale, quand l'aube pointe et que la rosée perle, le moment m'appartient.

Je me promène dans le verger. Les pommes sont rouges sur les branches, dans l'herbe, sur le muret d'enceinte. Cette année, beaucoup sont tombées avant que j'aie eu le temps de les cueillir. Des feuilles jaunes et oranges apparaissent de-ci de-là, au bout des branches. Il fait frais, un grand châle enveloppe mes épaules. Le bas de ma robe est alourdi par l'humidité. Il serait temps de me préparer.

Je suis presque parvenue à la terrasse quand un bruit me fige. En ce lieu paisible, n'importe quel cri est incongru. Mais celui-ci n'est ni un grognement ni une clameur. C'est un mugissement, une vocifération, un appel tonitruant ! Les entrailles de la Terre sortent en fanfare, les éléments se disputent, c'est l'apocalypse des tympans. Mon cœur bat la chamade, le pas est suspendu, je suis statue pétrifiée par Méduse. Une telle exclamation ! D'où pareil rugissement peut-il sortir ? La surprise passe et je reprends pied dans le verger, tourne sur moi-même, aucun intrus sur la propriété. Respiration saccadée, poils dressés sur les avant-bras, je tremble de la sauvagerie de ce hurlement. Il était profond. Il venait de loin, bien plus loin que de simples poumons. Il sortait d'un ventre, un ventre énorme, un ventre-baudruche. Il sonnait de terreur. Il vibrait de douleur. Une douleur ancestrale, plantée dans les entrailles, tailladant le cœur de celui qui la porte.

Le chat s'est réfugié dans l'embrasure de la porte de la cuisine. Il m'attend. Les pieds dans l'herbe mouillée, je patiente aussi. Je guette un nouveau cri. J'espère un gémissement, une plainte qui m'indiquerait la position de l'être éprouvé. Seuls le bruissement de la bise automnale et l'impact d'une pomme sur la prairie viennent troubler le silence qui m'enveloppe. Rien de plus. Quoique… Mon oreille aiguisée perçoit un fin chuintement sur la gauche. J'avance prudemment. Le chuintement devient feulement. Une lamentation intermittente. Ma robe s'est accrochée à une ronce, je poursuis sans m'en préoccuper. Soudain, le craquement plaintif du tissu qui se déchire me trahit. Un grognement net puis le silence y répondent. Nulle feuille écrasée, nulle brindille brisée. Rien n'a bougé. « Il » doit retenir son souffle, je n'entends plus rien. À deux pas du mur d'enceinte, je m'immobilise à mon tour, les sens en alerte. Une odeur âcre me parvient. « Il » est tout près, j'en suis sûre. « Il », l'être terrorisé par une douleur plus grande que lui. « Il », celui ou celle qui tente de survivre à une blessure aussi profonde que l'humanité. J'attends encore, aux aguets. Le silence est dense. Attentive et prudente, je fais un pas vers ce qui me semblait l'origine du rugissement. Je suis sur mes gardes, muscles bandés, prête à combattre ou à fuir. J'ignore qui je cherche, mais je sais qu'« il » est blessé. Donc dangereux. Je rejoins le muret de pierres grises sans l'enjamber. Depuis ce rempart, j'observe. Je tends l'oreille, dilate les narines. L'odeur âcre s'est renforcée, je suis sur la piste. Mais toujours pas de bruit. Et puis, deux éclairs. Dans les fourrés, à un bon mètre de hauteur, brillent des yeux marron et un museau humide. Ils me scrutent. Je me montre, lui présente mes paumes nues, doigts largement écartés, inoffensifs. Il grogne et se détourne, s'enfonçant d'un pas lourd dans un buisson de ronces et d'épines. Je demeure côté verger, respectant son territoire. Il faut que je rentre, que je parte, le travail m'attend.

De visites en rapports, la matinée s'écoule. En début d'après-midi, je me présente chez les Sansonnet pour une première rencontre. Ils sont avertis de ma visite, grognent à mon arrivée, me font entrer sans un bonjour, sans un sourire. Le message est clair, je ne suis pas la bienvenue. Pourtant, il faudra qu'ils s'y fassent. Cinq enfants traînent dans le salon, l'unique pièce chauffée. Personne n'est allé à l'école, les parents dormaient encore quand le bus est passé. Parmi les déchets, les biscuits écrasés et les cartons de pizza, survivent un canapé trois places et un lit-cage. Deux matelas douteux sont dressés contre les murs. Pas de table, pas de jouets. Une télé. Un bébé est allongé dans le lit, un biberon de grenadine coincé entre les barreaux. Les cuisses à l'air, un marmot de quinze mois trimballe un lange rebondi sur le carrelage sale. Deux autres sont agenouillés devant la TV qui diffuse à gros sons un programme musical et pailleté. L'aînée, huit ans, se tient dans un coin et observe l'arrivée de l'intruse que je suis. L'intruse porte une longue robe légèrement déchirée dans le bas, des souliers cirés, un chignon relevé. L'intruse a discrètement maquillé ses paupières et parle d'une voix claire et posée. L'intruse qui n'a pu réprimer un haut-le-cœur en entrant, l'enfant l'a vu, la regarde à son tour. Et dans ce regard, la fillette lit quelque chose qu'elle ne connaît pas. Quelque chose de doux. Quelque chose qui fait circuler de la chaleur dans son corps malingre et lui fait légèrement baisser la garde. Un instant, elle a oublié ses frusques raidies par la crasse, ses cheveux emmêlés. Dans ces yeux-là, discrètement maquillés, elle s'est vue exister. Moi, dans son regard noisette, j'ai vu de la méfiance surtout. Un univers fermé, sous haute protection. Quelque chose m'a touchée chez cette gamine tapie contre le mur. Une position de combat. Elle se tient debout, très droite et au bout de ses bras maigres, deux petits poings serrés. Son visage anguleux ignore les mots tendres, méconnaît sa beauté. Les coups et la faim sont des compagnons familiers dans cette maison. La bienveillance a passé son chemin. D'accord petite guerrière, nous allons mener un combat. Tâchons d'être dans la même équipe.

Il est dix-sept heures quand je rentre chez moi. Le chat me fuit. Je me glisse sous la douche et abandonne au bac à linge l'odeur pénétrante des Sansonnet. Je reste longtemps sous le jet chaud, me shampouine vigoureusement, frotte les empreintes invisibles que cette famille m'a laissées. Derrière mes paupières closes dansent deux prunelles blessées que le savon n'emporte pas. Enfin vêtue de frais, je sors chercher de la quiétude au verger. Le chat m'accompagne. Mon errance me mène sur le bout de muret de ce matin. Je scrute les fourrés malgré moi, cherche deux éclairs. Il fait sombre.

Une bonne semaine est passée depuis le Cri. Aujourd'hui c'est samedi, je ne suis pas pressée. Comme tous les matins, ma journée commence par quelques pas sous les pommiers. Je guette. J'espère. Je me promène et reviens, le chat roux sur les talons. J'ai la main sur la poignée de la maison lorsque résonne le grognement. Ma poitrine se gonfle, mélange indistinct de joie et de crainte. Un court instant, j'hésite. Je tremble au souvenir du premier rugissement. Et pourtant, toute la semaine j'ai attendu cet appel. L'hésitation a fondu, j'avance, fébrile. Je domine à grand-peine mon envie de courir, ne pas l'effrayer. Le grognement, à nouveau. Il ne sort plus du même fourré. Il est plus loin. Du muret, impossible de l'apercevoir. Sous le regard interrogateur du matou, je remonte le bas de ma robe, enjambe les moellons gris, pose un premier pied hors de mon territoire. J'ai eu la bonne idée ce matin de chausser des bottes, elles me protégeront des griffes des rampants. Le grommellement s'éloigne. Je ne vois toujours rien. Pas d'odeur âcre non plus. Me fiant aux gémissements et craquements intermittents, je tente de m'orienter. Les sous-bois sont denses, la trace énigmatique devient de plus en plus difficile à suivre. Quand je pense l'avoir tout à fait perdue, un puissant rugissement retentit, pétrifiant. Ce hurlement me fait trembler. Il ne contient plus la terreur, il la transmet. C'est une menace. La vue aiguisée par la frayeur, je l'aperçois en bordure d'une clairière. Dressé sur ses pattes arrière, il me domine. Il m'impressionne. Ses yeux marron me fixent, l'avertissement m'était bien destiné. Soudain, je me rappelle qu'il est blessé. Celui qui se sait condamné redouble d'énergie pour protéger ce qui lui reste. Inutile d'insister, je courbe l'échine et rebrousse chemin.

Le lendemain matin, le verger est silencieux. J'y promène ma tasse de thé, le chat et mes interrogations. La quiétude du lieu a perdu de son intensité. J'aimerais me distraire au spectacle des couleurs de l'automne, goûter à la douceur d'un dimanche sans contrainte, mais rien n'y fait, je suis prisonnière de mes pensées.

Demain, je dois retourner chez les Sansonnet. Les enfants y seront sans doute. Depuis ma première visite, ils n'ont été vus qu'un jour à l'école. Ils se tenaient dans un coin de la cour, trois petits animaux sauvages. Pas question de les approcher, la grande veillait. À midi, les institutrices n'ont pas réussi à les convaincre d'entrer dans le réfectoire. Je devine des boîtes à tartines vides. Si elles l'avaient appris, les instits auraient demandé aux élèves de partager leur pique-nique. La fillette le savait. Elle n'a rien dit. Parfois, un ventre vide fait moins mal que les flèches de la pitié. C'est un piège que je devrai contourner demain, quand je chercherai à convaincre les parents Sansonnet d'accepter les aides sociales. Et ce n'est pas à un simple colis alimentaire qu'ils devront consentir s'ils veulent garder leurs enfants. C'est à un éducateur de l'aide à la jeunesse, des aides familiales et au passage régulier de l'assistante sociale. Une nuée d'inconnus dans les murs de leur intimité. Un cortège de personnes missionnées pour leur apprendre à nettoyer, éduquer, cuisiner, câliner… C'est déplaisant. C'est terriblement intrusif. Petite guerrière, tu trembleras d'impuissance, vibreras de colère. Tous ces étrangers chez toi et tes deux petits poings serrés n'y changeront rien. Je te laisse les brandir à l'école, gagner sur des adversaires à ta taille.

Dans l'après-midi, je n'y tiens plus, il faut que j'y aille. Suivant les traces laissées hier, je retrouve sans mal la clairière. Les alentours paraissent déserts. Me risquant à une exploration minutieuse du lieu, je découvre, dissimulée derrière des branchages, l'entrée d'une caverne. J'y pénètre. Très vite, elle prend des dimensions confortables, je peux me tenir debout sans me cogner aux parois. Dans l'obscurité, j'évalue la surface à trois pas sur quatre. Une belle cavité où règne un parfum d'animalité. Je m'attarde, assise sur la roche polie par des siècles de cachette. Mes doigts jouent avec un os qui traîne sur le sol, tandis que mon esprit s'apaise. Cet abri minéral m'offre la sérénité disparue de mon verger. Ici, dans la tanière d'un autre qui peut surgir à tout moment, je me sens étrangement en sécurité. Le dehors n'existe plus. Les luttes, les faux-semblants et les pouvoirs qui s'affrontent s'échouent sur le perron de mon refuge, lointains échos d'une autre vie. Je goûte l'instant, l'intérieur, mon centre. Au crépuscule, je m'arrache à regret à l'antre de roche et regagne mon salon.

Les frimas blanchissent le paysage. Une cape de laine épaisse protège ma promenade matinale. Les fruitiers nus, le verger paraît plus grand. La tasse de thé fume entre mes mains gantées, le chat roux hésite à me suivre. On a trouvé des manteaux pour les enfants Sansonnet. Depuis qu'un repas chaud leur est servi à la cantine, ils sont plus réguliers sur les bancs de l'école. À la récré, ils gardent leurs distances, font bloc face aux autres. La méfiance marque leurs visages, ils sont là, mais pour combien de temps ? Ils savent qu'un rien peut bouleverser leur équilibre. Une humeur d'adulte, un jugement extérieur, ça leur échappe. Petites feuilles déposées par une bise automnale, une bourrasque les emporterait d'un souffle. Ainsi va leur vie. Les deux petits poings ont donné une place à l'aînée. Elle a délimité son espace d'autonomie, les écoliers la laissent tranquille. Dans cette bulle, elle existe et elle s'instruit, avec appétit.

L'hiver est bien installé quand je me décide à retourner à la grotte. La forêt a perdu ses couleurs chatoyantes, son chuchotage est devenu murmure ponctué de silences. L'orientation est difficile, je ne suis allée qu'une fois à la caverne. Je ne reconnais plus les épais buissons et les massifs végétaux alors traversés. Après plusieurs heures de persévérance têtue, je trouve l'entrée de la cachette derrière un tas de branchages. J'y suis. J'hésite. Je pénètre, tâtonne, il est là. J'ai peur, mais son torse se soulève avec une régularité léthargique et son poil est doux. Il sent la terre et le renfermé. De son museau légèrement humide sort un souffle ténu. La lumière filtre peu. Je touche, cherche des repères. Ses griffes sont acérées, ses pattes immobiles. De son corps assoupi se dégage une chaleur tiède. Attendrie, je m'assieds, me recroqueville contre lui et pose ma joue sur sa poitrine.

Aïe ! Je m'écarte un peu trop vivement sous la surprise, au risque de le réveiller. Pas un mouvement de sa part. Prudemment, je glisse mes doigts dans sa toison. Elles sont là. Trois grosses pointes plantées dans sa poitrine. D'énormes piquants que je n'identifie pas. La voilà, sa douleur. J'applique sur leurs pourtours un peu d'argile et laisse les estocs en place. Les déloger provoquerait des saignements. Peut-être une hémorragie. Ce n'est pas à moi de prendre cette décision. Il dort. Peut-être au printemps son corps transformé les aura-t-il rejetés. Sur le seuil de sa tanière, je lui murmure un au revoir semblable à une prière et pars retrouver le chat roux et ma maison.

Les Sansonnet ont déménagé, la bourrasque a soufflé, les petites feuilles ont été emportées. Dans un pupitre d'écolier, des cahiers à demi remplis attendent une petite guerrière à apprivoiser. Elle ne viendra plus, pas ici, peut-être ailleurs.

Je jette une bûche dans le poêle. Demain, j'irai en ville. Demain, je rencontrerai des familles en difficulté. J'écouterai les parents, leur détresse, leurs déchirements. J'aurai le mot juste pour les guider, peut-être le mot dur annonçant un placement. J'essuierai leur colère, leurs mots crus ou leur silence. Je garderai le dos droit, poserai mon masque de rigueur, la main ferme. Demain, je représenterai la justice. Demain, je jouerai mon rôle. Demain. En ce dimanche d'hiver, je me pelotonne près du poêle et caresse le chat roux d'un air distrait. Derrière mes paupières closes dansent deux prunelles blessées.

Pirates
Christophe Gauthier

#MesRêvesNAppartiennentQuàMoi

La suite de caractères est épinglée sur la toile comme un papillon sous une plaque de verre. La situation s'est dégradée trop rapidement, même pour Twitter, et le *hashtag* est mort en quelques heures. La suite se passe dans la rue.

Un doigt osseux scrolle l'écran silencieux puis écarte le rideau. Sous ses fenêtres, les corps marchent un peu au hasard avant de se regrouper en petits troupeaux circulaires. Chacun choisit le sien, et l'espace se remplit. Quand les murs seront atteints, la foule se mettra en marche.

Le velours retombe sur la vitre et l'ombre sur la pièce. Ava retourne s'asseoir devant son installation en ramenant ses longues pattes sous ses fesses. Elle surveille les deux écrans en trempant des madeleines dans du lait. À gauche, son programme viole le réseau et pompe les datas, à droite, une chaîne d'informations frise la syncope. Les présentateurs récapitulent l'affaire entre les écrans de pub. Le passé tourne en boucle dans un futur qui plante depuis des années. La structure du temps n'aura pas résisté à la fibre.

Tout ce foin c'est l'affaire eDREAMs, du nom d'une application très populaire qui permet d'enregistrer ses rêves pour les revisiter le lendemain avec une IA à entraînement psychanalytique qui en révèle le sens secret. Un lanceur d'alerte avait rendu public le fait que la société conservait les enregistrements au-delà des vingt-quatre heures prévues par les CGU dans le but de les mettre à disposition d'annonceurs qui avaient alors accès à des millions de vidéos dévoilant l'inconscient de leurs clients. Un chemin direct vers l'arrière-boutique des foules, des kilomètres à l'ouest de leurs consciences. On était au bout de la manipulation, le hashtag s'était multiplié sur le web et eDREAMs avait commencé son crash par une longue suite de communiqués piteux.

Ça aurait pu n'être qu'un data scandal de plus, mais Ava l'Amoureuse Déçue était entrée en jeu et l'avait fait basculer vers l'insurrection. Vaguement attentive à la rumeur au début, elle s'était souvenue d'un coup que Giulia utilisait cette appli quand elles étaient ensemble. Peut-être avait-elle continué après leur séparation ? Dans ce cas, ses rêves étaient certainement stockés dans un sarcophage de métal quelque part sous la mer du Nord. Si elle pouvait y accéder, elle y trouverait des indices sur sa nouvelle vie, sur l'endroit où elle avait déménagé, le nom de sa copine… Peut-être même un rêve érotique ! Elle s'était jetée hors du lit pour bricoler un programme au milieu de la nuit. Les défenses du serveur s'étaient avérées extrêmement faibles, peut-être parce qu'ils se pensaient trop bien cachés. Elle avait fait des miracles : au petit jour, elle était au cœur du réseau et le téléchargement commençait. Mais à peine la seringue plantée dans la veine, eDREAMs avait détecté l'effraction et choisi la transparence en la rendant immédiatement publique. Livide, le CEO était venu lui-même annoncer en bafouillant au 5-7 de KLR Tv que le réseau se vidait inexorablement, qu'il était immense et qu'il leur faudrait des jours pour repérer les failles ou détruire les fichiers. Il s'emmêlait dans un mélange inaudible d'excuses techniques et d'indemnisation sans pouvoir finir une phrase. À l'aube, goguenarde, Ava buvait du café en le regardant se dissoudre dans l'haleine des polémistes.

C'est là que la situation avait dégénéré. Un peu avant huit heures, les politiques avaient débarqué sur les plateaux, mais c'était trop tard, ils s'adressaient à des chaises vides. Les gens étaient sortis avec leurs voisins pour voir comment ils allaient régler le problème eux-mêmes. Depuis le grondement augmentait partout.

Elle va plaquer son front contre la vitre et fait rouler ses gros yeux bleu ciel au fond de ses orbites noirs. D'un bout à l'autre, des pancartes et de la fumée au-dessus d'une mer de manteaux au pas. Les premières explosions se font entendre et des groupes organisés bougent, sombres dans la masse, comme des courants plus froids que l'eau glacée.

Sur les plateaux, les chroniqueurs pâles ne parlent déjà plus de manifestants, mais aucun terme de substitution ne fait consensus. Qui sont ces gens qui réclament qu'on leur rende leurs rêves ? Il y a des blancs dans les débats, des bruits de luttes derrière les caméras.

Ava change de chaîne, mais elles suspendent une à une leur antenne. Dehors les CRS chargent.

Elle arrache le drap douteux de son lit, retrouve dans un placard un pot de laque noire et un vieux pinceau. Elle étend le drap sur le sol et s'agenouille pour tracer de grandes lettres sur le tissu. La laque à peu près sèche, elle roule la banderole et sort nue sur le balcon pour l'attacher au garde-corps avec du câble électrique.

Quand elle la déploie, la foule lève les yeux vers le corps décharné qui surplombe avec un sourire narquois un drapeau gonflé par le vent, frappé d'une tête de mort, de deux fémurs croisés et du slogan…

Vos rêves n'appartiennent qu'à moi !

Rou !
Baptiste Lerner

À mes chers amis montpelliérains.
Plus particulièrement à Robin et Gabriel,
en souvenir de ce 17 novembre 2023.

— Va-t'en !

D'un geste rapide, il tenta d'effrayer l'animal. Pas impressionné pour autant, le volatile ne bougea d'une plume.

— Allons ! Que me veux-tu, maudit pigeon ?

Indifférence, défi ou témérité, l'oiseau se percha sur la chaise, face à ce vieil homme dont l'accent chantait.

— Bien entendu, ce sont mes frites que tu lorgnes. Ah, mais à quoi cela rime donc ! Si je t'en donne, tu vas m'en redemander. Et puis tes collègues vont se ruer comme la misère sur le monde.

Pendant que les lèvres ternes gesticulaient, le pigeon, lui, restait immobile. Un observateur imaginatif aurait même pu conjecturer que ce n'était pas la nourriture, mais ce vieux monsieur, qui l'attirait. Quelle aurait été la source de cette curiosité animale ? La barbe blanche et soyeuse ? L'élégant caban bleu marine qui couvrait cet homme soigné ? Un observateur plus raisonnable aurait cependant conclu que c'était bien l'assiette de frites chaudes qui attirait l'oiseau.

— Rou, non ! Une seule. Une seule frrrite, rou ! C'est assez ! roucoula l'importun dans une voix ronde.
Le flux de ces quelques mots ricochait fortement sur les « r » dont il roulait longuement certains, prononcés « rl[1] ».
Stupéfait, le vieux resta figé, bouche bée, yeux écarquillés.
— Une frrrite. Je te conterai secret.
— Que ? Mais… Tu parles, toi ? Parbleu je deviens fou, moi ! balbutia-t-il en se frappant le crâne.
— Carr pour toi… Seuls les Rouloulou[2] parlent ?
Un rire roucoulant roula dans la gorge de l'animal.
— Rou, rou ! Rou ! Drrrôles de Rouloulous ! Rou ! Rou !
— Je suis fou. Voilà, fou à lier. Bon à manger les coquilles de moule sur le port de Sète ! Un pigeon bavard, par Saint Roch !
— Pas fou, rou ! Laisse Saint Roch en dehorrrs de rou !
Quelques instants suffirent au vieil homme pour suspendre son incrédulité. N'était-il pas vieux ? Au cours de sa longue vie, n'avait-il pas été le témoin direct de miracles que les jeunes peineraient à imaginer ? Alors un pigeon francophone sur la place Jean Jaurès…
— Mon offrrre t'intéresse ?
Une fois n'étant pas coutume, la place Jean Jaurès était presque vide. Qui a déjà arpenté les ruelles de l'Écusson sait que ce n'est pas chose courante. Le cœur historique de Montpellier bat au rythme des pas. De Saint-Roch au Peyrou, les regards se perdent dans la douce clarté des pierres centenaires. En cette fin d'après-midi, le palpitant de l'Occitanie était au repos.

— Bien l'ami… Et quel est ce secret que tu vas me roucouler à l'oreille ?

— La lon… lon… longévité.

— Pardon ?

— Rou ! Je vais te donner… Rou… Secrrret de longévité.

La longévité, rien de moins. Qui l'eût cru ? Un secret qui sortirait du bec d'un volatile, un pigeon ! Celui-là même que certains appellent un « rat volant ». Et il le partagerait en échange d'une bannette de frites ? Une chose était certaine, le monsieur semblait intrigué. Ses doigts aux ongles soignés peignaient machinalement la belle barbe hugolienne qui habillait son visage.

— Après tout… pourquoi pas ?

D'un revers de la main, il avança la bannette de frites vers ce convive improvisé.

— Prends-les toutes, l'ami.

À la manière d'une pince, le bec saisit une belle frite. C'est avec les saccades d'une feuille absorbée par une vieille imprimante qu'elle entra dans le gosier de l'oiseau.

— Une seule. Merrci. Une seule frrite. Pas d'excès.

— C'est là ce que tu penses ?

— Bien sûr ! La mesurrre !

Le « r » traîna dans un roulement décroissant.

— Suis-moi !

Ailes sorties, rémiges agitées, rectrices parées au décollage, il prit son envol en un claquement de doigts. L'autre, toujours pensif, ne s'y attendait pas. Un billet fut posé sur la table puis il suivit l'animal. Ce dernier faisait halte tantôt sur une branche, tantôt sur un bâtiment remarquable, avec une agilité déconcertante pour un pigeon. Même en pressant le pas, le vieil homme ne pouvait soutenir l'allure.

— Dis l'ami, tu m'attends un peu, oui !

Le petit animal ne semblait rien entendre.

— Oh ! Je te parle, dis !

— Qui, moi ? sourit une jeune femme à la robe verte, place de la Comédie.

— Ah mademoiselle ! Pas vous, non ! À l'oiseau que vous voyez là ! Tiens, il se pose enfin.

Elle écarquilla les yeux, deux tsavorites ; effectua un mouvement de tête vers l'oiseau, un autre vers l'homme qui le houspillait. Si l'animal semblait on ne peut plus ordinaire, l'homme dégageait une tout autre impression. Sans prendre garde, un rire jaillit de cette jolie gorge, rafraîchissant comme les eaux du Lez.

— Ah… C'est donc à ce petit pigeon que vous vous adressez ?

— Euh. Là, vous allez me prendre pour un fou. Eh… C'est bien à lui que je m'adresse.

— Eh bien écoutez, je m'en allais justement prendre le thé avec mon chat. Entre deux mignardises, je lui toucherai deux mots sur l'homme au pigeon ! plaisanta-t-elle.

À son tour, l'homme rit à belles dents. Après quelques minutes de plaisanterie, ils se séparèrent comme ils se connurent éphémèrement : en riant.

— Et saluez bien votre chat !

— Je n'y manquerai pas ! Amitiés à monsieur le pigeon !

Perché sur un banc, le volatile attendait. Toujours illuminé par un sourire, le visage du vieil homme se tourna vers lui. Il lui parla avec douceur.

— Alors l'ami, quel est ce secret ?

— Oui ! Au Peyrrrou, rou !

— À la bonne heure, allons au Peyrou. Tu me le conteras là-bas.

Après avoir longé l'arc de triomphe, il marchait sur la promenade. Au loin, le soleil se couchait. Toute la ville flamboyait sous cette belle lumière méditerranéenne, si caractéristique de Montpellier. Claire, irradiante, elle ricoche sur les pierres pour mieux s'imprégner dans les cœurs. L'oiseau atterrit doucement sur la rambarde où l'homme s'était accoudé, face au soleil.

— Alors l'ami, ne m'avais-tu pas promis de conter ce secret ?

— Je l'ai fait ! Rou ! Rou !

— Ah oui, tiens ?

— Le secret, rou !

— Et quand alors ?

— J'ai mangé avec mesurrre. L'excès est nocif. Tu as ri. Le rirre est bon.

Alors, il se tourna vers l'astre déclinant « et le soleil fait vivrrre. », finit-il par roucouler.

Le vieil homme fixa Hélios aux teintes orangées. Ce soir-là, le ciel était particulièrement embrasé. Quelques minutes contemplatives s'écoulèrent. Un battement d'ailes brisa ce silence.

— Rou ! Au revoirrrr !

— Au revoir petit pigeon ! sourit-il. La mesure, le rire, le soleil... Merci l'ami !
— Rou !
L'oiseau s'envola vers l'ouest. Alors qu'il disparaissait au loin, le vieil homme contemplait la chute d'Hélios.
— La mesure, le rire, le soleil... Et la joie de se laisser surprendre. Par le merveilleux... ou par un petit pigeon.

[1] Orthographié "rrr" pour les roulements
[2] Rouloulou – nm. Syn. d'être humain – Dictionnaire bilingue français – pigeons, colombes, dindons. Ed.1967.

Petit Bateau
Yves Bourny

Personne ne devait se noyer cette nuit. Elle y tenait beaucoup.
Elle compta très lentement jusqu'à dix, calant sa cadence sur le rythme de l'eau, en passant d'un pied sur l'autre. Les vagues léchaient la plage, déglutissant mollement. La mer était calme cette nuit, c'était bon signe. Non, la mer n'avalerait personne. Chaque regain éructait une grêle rassurante, les échos des galets que la mer polissait depuis des siècles. Depuis bien plus même. Cela lui rappelait le bruit d'un « bâton de pluie ». Elle en avait acheté un pour sa nièce au marchand africain du marché. Un grand Noir en boubou bleu, avec une espèce de turban mis de travers. Comme c'était un musulman lui aussi, on le tolérait. Comment avait-il échoué en Turquie ? Mais comme il semblait bien vendre ses colifichets, ce devait sans doute être une bonne affaire. Il n'avait qu'à acheter un permis de séjour tous les ans, c'était facile à se procurer. C'est lui le premier qui l'avait surnommée *Princesse* et ça le faisait rire à chaque fois qu'elle passait. Du coup, tout le monde s'était mis à l'appeler comme ça : *Princesse*.
Cette nuit, Princesse attendait, debout enroulée dans un grand châle noir. En comptant l'espace entre les vaguelettes qu'elle entendait sans les voir. Elle devinait par contre les

tas de déchets abandonnés sur la plage. Elle avait demandé en vain à son équipe de nettoyer. Les affaires abandonnées à la hâte indiquaient clairement un point de départ pour les îles en face. C'était une négligence et elle le savait.

Il faisait un peu frais, pas encore trop froid, on pouvait organiser une rotation par semaine en cette saison. Bientôt il faudrait arrêter. Trop de vent, la mer allait devenir dangereuse et Princesse ne voulait pas risquer d'envoyer des gens se noyer, ou mourir de froid. Les autres continuaient, même en plein hiver, c'était de la folie. Mais il y avait de plus en plus de demandes, les prix baissant pendant la saison froide.

Le talkie-walkie qui était glissé dans son sac grésilla et une voix cracha un bref message. Il était trois heures du matin, le bon moment pour partir et ne pas risquer une opération de la police. C'était arrivé un an auparavant. Elle avait été arrêtée et avait dû payer une grosse somme pour sortir. Le fait d'être une femme célibataire n'avait pas été un atout, bien au contraire. Pour s'en sortir, tous les bénéfices faits sur les passages y étaient passés et elle avait même dû emprunter. Il avait fallu graisser les pattes à plusieurs niveaux. Des policiers aux juges. Tout ça à cause de ce foutu reportage des chaînes de télévision sur le bateau qui avait chaviré, emportant une vingtaine de personnes, dont trois jeunes enfants. Le gouvernement, montré du doigt, avait décidé de ne plus fermer les yeux — en apparence tout au moins — et de lancer quelques coups de filet bien médiatisés. Le durcissement du gouvernement avait cependant eu un effet inattendu sur le marché. Auparavant,

tout le monde faisait passer la frontière, à travers la montagne surtout. C'était même encouragé. Maintenant, avec ce changement, il fallait ruser et seuls les professionnels étaient restés. Les prix s'étaient bien entendu envolés.
Elle en profitait bien sûr, comme tout le monde. Elle avait même eu pendant un temps un revenu très confortable. Mais depuis son arrestation et les dépenses qui s'étaient ensuivies, elle devait repartir à zéro et remonter la pente doucement. Elle aurait pu doubler ses tarifs, la demande était de plus en plus forte, mais elle avait encore un peu de scrupules. D'accord pour gagner de l'argent, mais elle ne le volait pas. Elle rendait un service. Payant, voilà tout.
Au moins, ce n'était pas sur ses bateaux que les naufrages arrivaient. Il y avait toujours des risques bien entendu, mais Princesse était connue pour être pointilleuse sur la sécurité. Le moteur de chaque bateau était toujours neuf. Ou presque. Pas de risque de se retrouver à la dérive à cause d'un engin rouillé en fin de vie. C'étaient ses concurrents qui faisaient ça, toujours à raboter sur les coûts pour faire le maximum de profits sur ces gens. Ils opéraient un peu plus au sud d'Izmir, sur les criques qu'ils contrôlaient bien. Non, elle ne faisait pas ça. Elle savait au fond d'elle-même qu'elle faisait un acte charitable, tout compte fait. Bien sûr, les coûts étaient élevés pour les passagers, mais il fallait bien qu'elle gagne sa vie et qu'elle mette suffisamment d'argent de côté pour pouvoir payer en cas de problème. C'était un investissement, pas très différent d'une entreprise plus « classique ». D'ailleurs, presque personne

dans sa famille ou le cercle de ses amis ne lui avait fait de reproches sur la nature de son affaire. Sauf sa belle-sœur qui lui avait jeté au visage qu'elle exploitait la misère des autres. Mais elle faisait toujours des leçons de morale à tout le monde. Pour qui se prenait-elle, elle qui vivait confortablement aux crochets de son frère ?

Le minibus arriva enfin, feux éteints. Il se gara près de la plage et la portière coulissa avec un son sourd qui devait s'entendre loin. Ali arriva en soufflant, il précédait une colonne d'une vingtaine de personnes. Ils avaient dû bien s'entasser dans le bus pour tenir tous. Mais ils ne pouvaient risquer d'avoir deux véhicules, il fallait être discret.

Un deuxième homme arriva avec un ballot de gilets de sauvetage bleu. Il devait y en avoir pour chacun, Princesse insistait toujours là-dessus, mais elle savait bien qu'Ali et son frère essayaient de gratter le plus possible et les gilets étaient peut-être des faux gilets qui ne flottaient même pas. Il faudrait qu'elle prenne le temps de vérifier elle-même. La prochaine fois. Elle avait bonne réputation dans le quartier où elle recrutait. C'était une femme, les gens lui faisaient plus facilement confiance. Elle ne faisait que les Syriens. Ils avaient de bonnes raisons de s'enfuir de leur pays et elle trouvait que c'était légitime qu'ils essayent de gagner l'Europe. Lorsqu'ils venaient au magasin de pneus qui hébergeait ses *services*, près de la mosquée de Basmane, elle les faisait passer dans une pièce à l'arrière et elle leur parlait, longuement. Pour être sûr qu'ils étaient capables de faire le voyage. Et aussi pour vérifier qu'il ne s'agissait pas de piège de la police. Elle savait reconnaître les vrais candidats à l'exil. Il y avait quelque chose de résolu dans leur voix, toujours. Comme s'ils avaient déjà mûri longuement leur décision. C'était aussi pour eux un investissement énorme, ils donnaient tout ce qu'ils avaient et devaient souvent s'endetter pour payer leur passage. Princesse récupérait l'argent déposé chez un commerçant de la ville qui servait d'intermédiaire de confiance. Une fois arrivés de l'autre côté, les passagers avaient une semaine pour appeler le commerçant et confirmer qu'ils étaient arrivés en Grèce. Alors seulement, elle empochait la somme, quarante mille livres par personne en cette saison[1]. Elle avait de plus en plus de pression des gros réseaux qui lui proposaient de façon insistante leur protection. Elle savait qu'elle devrait un jour s'arrêter ou rentrer dans leur système. Elle avait de plus en plus d'accrochages avec Ali et son frère Ahmet qui la pressaient de voir plus grand et de travailler avec les vrais professionnels. Mais elle ne voulait pas franchir le pas.

Comme à chaque fois, elle tapa dans le dos de chacun des passagers qui défilaient devant elle dans l'obscurité. Un par un, en insistant bien comme pour les encourager et les aider à surmonter leur peur. Car il y avait de la crainte, presque de la panique, elle le sentait toujours. Chez tous. Comme une odeur étrange, sans doute certains secrétaient des hormones de peur, ou alors c'était ce goût métallique qui venait dans la bouche lorsqu'on sait qu'on va risquer sa vie. Les enfants n'avaient pas cette odeur-là, et pourtant elle les

---

[1] 2.200 euros environ

sentait terrifiés eux aussi, agrippant leurs parents de toutes leurs forces, avec dans les yeux ces interrogations sur comment allait se passer cette chose énorme qui leur arrivait.
La file serrée se dirigeait avec hésitation vers une masse oblongue qui semblait se balancer dans le noir. On devinait plus qu'on ne le voyait un *zodiac* amarré sur la grève.
Il y avait cinq rangs de bancs en bois qui pouvaient en principe accepter quinze personnes, mais on pouvait aller jusqu'à vingt, surtout s'il y avait des enfants. C'était le cas ce soir, elle avait accepté sept enfants de moins de douze ans. Un peu moins chers. Ses concurrents faisaient tous payer le plein tarif à partir de deux ans. C'était aussi la raison de sa popularité. Elle remplissait toujours ses bateaux rapidement.
Chacun enfilait maintenant un gilet, avant de monter dans le bateau qu'un des passagers maintenait du mieux qu'il pouvait. C'était celui qui allait tenir le moteur et avait payé la moitié du prix, c'était le marché. Ils avaient tous été briefés la veille, ils savaient exactement comment se comporter. Tout était très planifié, comme une mécanique bien huilée. Il n'y avait que l'autre côté qui était imprévisible. C'était chez les Grecs et on ne pouvait rien organiser là-bas. Mais on savait bien que les gardes-côtes et les associations qui s'occupaient des réfugiés étaient prêts à les recevoir. Ils ne les renvoyaient presque jamais. De toute façon, ils ne pouvaient pas, les bateaux n'avaient pas assez d'essence pour faire l'aller-retour et l'un des passagers était chargé de crever le flanc du bateau en atteignant la plage.

Cela aussi, c'était calculé. Les deux bords étaient bien au courant, sans s'être jamais concertés.

Princesse était maintenant avec le groupe qui commençait à monter dans l'embarcation. Ali n'était pas à son poste pour aider à pousser. Cela l'irrita, c'est elle qui faisait le plus gros du travail et les deux frères prenaient la moitié des gains, une fois les charges déduites. En plus, elle se doutait bien que ses deux associés gonflaient le prix du bateau et du moteur et qu'ils faisaient une marge plus importante que la sienne. C'était devenu intolérable.

Soudain, un des passagers qui se tenait déjà à l'arrière du bateau cria quelque chose qu'elle eut d'abord du mal à comprendre. Mais elle sentit les couleurs sur l'eau sombre et en se retournant elle vit distinctement les gyrophares bleus qui arrivaient vers la plage. Vite, il fallait se sauver, les passagers se débrouilleraient bien seuls maintenant. Il n'y avait qu'à pousser et mettre le moteur en marche. Elle calcula combien de temps il lui faudrait pour rejoindre le van un peu plus haut et se sauver sur le chemin de la côte.

Le van ? Mais elle le voyait qui bougeait et filait déjà sur la piste de secours. Trop loin pour qu'elle le rattrape.

Elle comprit aussitôt qu'elle avait été trahie. Les deux frères devaient avoir passé un marché avec la douane ou avec les concurrents pour se débarrasser d'elle. Elle sentit la colère monter. Ils allaient tous gagner beaucoup d'argent sur son arrestation. Son argent puisqu'elle devrait une nouvelle fois payer une somme énorme pour sortir de prison. Comme elle n'avait plus assez d'économies depuis l'affaire de l'année passée, cela signifiait pour elle

emprunter une somme qu'elle mettrait des années à rembourser.
Elle était piégée, finie. Tous ses projets s'envolaient. Elle allait devoir travailler pour payer sa liberté. Qu'arriverait-il si elle refusait d'emprunter ? Sans doute pourrirait-elle quelque temps dans une prison sale où l'on entasse les femmes pour les punir. Son futur défila à toute vitesse dans sa tête. Ils la feraient craquer jusqu'à ce qu'elle accepte de payer. Elle ne serait alors rien moins qu'une esclave. Ils lui proposeraient peut-être même de se prostituer.
Une colère sourde lui remontait jusque dans la gorge, elle avait envie de la crier, de l'expulser vers le minibus qu'elle devinait encore, s'éloignant vers la route.
Non, ils ne l'auraient pas. Ils n'auraient rien. Elle ne cèderait pas.
Elle savait comment leur échapper.
Elle se retourna et enjamba le rebord en poussant fort sur sa jambe arrière. Tout glissa en avant et elle eut juste le temps de s'agripper à une main tendue pour ne pas tomber dans l'eau. Elle était maintenant dans le bateau. Autour d'elle, des dizaines d'yeux la fixaient, incrédules. Que faisait-elle avec eux ? Est-ce qu'ils allaient vraiment pouvoir quitter le rivage et s'enfoncer dans le noir de la mer ? Déjà, le moteur avait été lancé, il avait bien démarré, du premier coup. Au moins, Ali et son frère ne l'avaient pas changé au dernier moment.
Les lumières bleues arrivaient sur la plage. Mais le bateau s'était déjà enfoncé dans l'obscurité. Ils pouvaient bien le balayer de leurs torches, ils ne pourraient plus l'arrêter

maintenant, encore moins tirer dessus, cela n'aurait servi à rien.

Elle sourit cruellement en regardant la plage et les lumières qui s'éloignaient. Ali et Ahmet allaient sans doute passer un sale moment, car c'était sur eux maintenant que tout allait se déchaîner. Leur piège avait échoué. Avec un peu de chance, ils seraient d'abord battus par la police ou par le gang voisin, dès qu'ils auraient été rattrapés. Elle aurait bien aimé voir leurs têtes à présent. La panique allait les prendre quand ils s'apercevraient que leur machination avait lamentablement foiré. Qui aurait pensé qu'elle s'enfuirait avec ses passagers ?

Elle réalisa finalement dans quel autre guêpier elle s'était fourrée. Il allait lui falloir beaucoup de temps pour rentrer. Elle allait devoir cacher qu'elle était turque, sinon elle serait condamnée par les Grecs comme passeur et finirait sa vie en prison aussi. Ou alors il fallait qu'elle invente une bonne histoire. Être une femme pouvait lui donner un avantage cette fois-ci. Elle verrait plus tard. Il fallait déjà que le bateau atteigne les côtes grecques, l'île de Lesvos. Deux à trois heures si les courants étaient favorables et si le moteur donnait bien. Mais ils y arrivaient presque à tous les coups, surtout ses bateaux. Elle était bien contente d'avoir toujours été irréprochable sur la sécurité des passages.

Tout de même, pourvu que le bateau ne chavire pas, c'était la seule à n'avoir pas de gilet de sauvetage.

Sauvetage
Isabelle Peyron

Louise rebondit trois fois pendant que son mari s'étirait et faisait le pont dans le lit avant de mettre pied à terre. Le radio-réveil eut le temps de l'informer d'une météo médiocre pour la saison avec un passage pluvieux en Rhône-Alpes suivi de belles éclaircies en fin de journée. Son dos fut brutalement au contact de l'air frais, ce qui signifiait le retrait du lit de Martin. Comme chaque matin, elle tâtonna sur la touche off et rabattit la couette sur son sommeil.

Lorsque plus tard la clarté de la chambre lui intima l'ordre de se lever, elle pressentit que ce jour-là serait différent des autres, que ce serait en quelque sorte une journée particulière.
Pourtant tout était semblable aux autres jours, dans la cuisine flottait l'odeur agréable du café et désagréable de l'urine de chat. Princesse se faisait vieille et rechignait à sortir par temps frais. Elle préférait se laisser aller confortablement sur la serpillière de l'entrée, les pattes au chaud. Par égard pour son âge vénérable, elle bénéficiait de l'impunité et d'une serpillière renouvelée chaque matin.
Ainsi Louise commençait-elle ses journées par remplir le ventre de la machine à laver dont la digestion prendrait deux heures environ. Le temps d'écraser une boule de

graines aux passereaux du jardin puis de contempler avec satisfaction leur arrivée fiévreuse et affamée. Le temps aussi d'ouvrir un autre ventre, celui du poêle à bois, ventre creux du matin, à ranimer et à nourrir lui aussi. Balayage de la case, retapage des coussins et autres parties molles. Et encore des ventres à remplir, celui de la pisseuse qui accourt, des vases qui ont bu, du lave-vaisselle repu et malodorant. Et puis d'autres à vider, poubelles et corbeilles. Avant d'entreprendre les toilettes en série de toutes les cavités émaillées de la maison, Louise s'accorda une pause banane et un petit podcast. Une émission en hommage à Jean-Louis Trintignant, disparu il y a un peu plus d'un an. L'écouter citer Prévert : *« Ne parle que des choses heureuses. Pour ce qui est de la peine, pas la peine d'en parler... »* C'est magnifique... Les yeux de Louise se sont embrumés. Il serait là, assis dans le fauteuil en cuir dont l'accoudoir ne serait pas cassé pour l'occasion. Âgé, très, mais séduisant encore et tellement sage, intimidant. Elle lui présenterait une tasse de thé raffiné (se documenter sur les thés) avec une pâtisserie délicate faite maison parfumée au citron (racheter des citrons) qu'il saisirait avec empressement, mais un peu de maladresse en même temps... La sonnerie de son portable tira Louise de ses rêveries. L'écran affichait un numéro inconnu ; Louise ne décrocha donc pas. « *Finalement, j'ai plus aimé les femmes que je n'ai été aimé par elles, malheureusement pour moi,* rit doucement Trintignant, *j'étais pas bon pour être aimé, j'étais meilleur pour aimer qu'être aimé, il doit me manquer un truc, hein...* », assurait Trintignant avec son phrasé un peu traînant et Louise retint son souffle.

« Tiens, dit-elle à voix haute pour se faire rire, j'entends mon cheval qui pète au loin. » Effectivement, le signal sonore de fin de machine retentissait dans la salle de bain, trois fois comme le train attendu par Gary Cooper. Un ventre à vider, celui-là, qui à peine ouvert laissa échapper une très longue tripaille à dévider, entrelacs de serviettes éponge, de chemises, de chaussettes et collants emmêlés. Louise extirpa, dénoua, secoua, étendit et même rajouta quelques gouttes d'essence de lavande au fond des pantoufles humides de son fils avant de les suspendre au séchoir.
« Bon, allez ma fille, on y va, après ce sera trop tard. » Ainsi s'admonesta Louise à 11h15 pour se donner du courage face à ce qu'elle ne cessait de reporter de jour en jour depuis une semaine. Avec un soupir en deux temps, elle saisit le téléphone et composa le 3631.
« *La lalala lalala lalalalalalala... (menuet de Boccherini) lalala... Bienvenue au 3631... si vous désirez être mis en relation avec un conseiller tapez 1, si vous désirez... tapez 2, si vous... tapez 3, si.. tapez #... Ne quittez pas, vous allez être mis en relation avec votre correspondant... La lalala lalala lalalalalalala... (menuet de Boccherini) lalala... Ne quittez pas, tous nos services se mobilisent pour écourter votre temps d'attente... Ne quittez pas, la lalala lalala lalalalalalala... (menuet de... Bonjour,*

3631 à votre service, ne quittez pas, je vous passe le bureau concerné... Boccherini) lalala...

— Oui, bonjour madame, je voudrais un renseignement au sujet de…

— *Ne quittez pas, vous n'êtes pas au bon service, je vous repasse le standard... La lalala lalala lalalalalalala... (menuet de Boccherini) lalala...*

— Oui, bonjour, c'est encore moi, je voudrais parler à quelqu'un du service…

— *Je vous le passe... La lalala lalala lala toutes les lignes de votre correspondant sont occupées, veuillez renouveler votre appel ultérieurement. Le 3631 vous remercie et vous dit à bientôt bip bip bip bip. »*

« Putain, c'est pas vrai ! … », lâcha Louise en balançant son téléphone sur le canapé avec humeur à 11h52. Les paroles d'un ami ne seraient pas de trop pour chasser cet instant pénible. *« Je devrais rester au coin du feu à la campagne. Je ne m'ennuie jamais parce que j'ai une vie intérieure alors je me raconte des histoires tout le temps »*, lui confia Trintignant.

Apaisée, Louise jeta un regard par la fenêtre, constata qu'il faisait beau, moqua la météo du matin, regretta de ne pas avoir étendu sa lessive dehors et décida de déjeuner dans le jardin.

Il faisait bon au soleil et Louise abandonna peu à peu son écharpe, sa veste et sa deuxième paire de chaussettes. Son roman posé sur la table, elle attaqua sa salade avec appétit. Princesse accourut comme si elle craignait d'avoir raté

quelque chose. Dynamisée par la lumière elle sauta sur l'arrière de la chaise et communiqua son enthousiasme à Louise en lui mordillant le pull et lui assenant quelques coups de bélier approximatifs dans le dos. Louise lui gratta le cou en aveugle puis descendit la main sur son dos jusqu'au ventre mou et flasque de la chatte qu'elle flatta gentiment. « La vieillesse est un naufrage ma belle », lui murmura-t-elle. Mais Princesse avait sauté à terre et poursuivait sa quête hédoniste par un bain mixte terre et soleil, présentant alternativement chacun de ses flancs à la poussière puis au soleil à grands recours de coups de reins.
L'instant était bien doux et d'ailleurs, levant un instant la tête, Louise crut apercevoir deux nuages qui s'embrassaient.
Les cris des enfants en route pour l'école la tirèrent de sa lecture. Elle rapatria son plateau dans la cuisine et s'interrogea sur la suite de sa journée. Ce serait le bon moment pour aller faire ses courses, l'heure creuse et calme avant la ruée de dix-sept heures.
Le diagnostic frigo confirma ce qu'elle savait déjà : ventre vide criant famine. Une boîte de thon bien implantée depuis un mois montait la garde à gauche de l'étagère médiane, un morceau de comté creusé en croissant de lune séchait dans une assiette et quelque chose de chlorophyllien se flétrissait sur la clayette du bas.
Louise s'attabla pour rédiger une longue liste de courses, empoigna clés, sac, veste, écharpe. Claqua la porte. L'ouvrit à nouveau pour récupérer la liste oubliée sur la

table et ferma la porte à clé sur ce qu'elle appellerait bientôt « l'avant ».

Les allées du supermarché étaient si familières à Louise qu'elle reconnaissait les tee-shirts que les manutentionnaires avaient sur le dos ou l'avancée des racines brunes de la caissière blonde très maquillée qui n'hésitait pas à engager la conversation avec elle.
La rencontre se produisit au rayon droguerie sous le regard de M. Propre exactement.
« Excusez-moi madame, je crois que nous avons échangé nos chariots par erreur. »
Louise abandonna l'étude comparée des agents de surface anioniques et non ioniques et leva le nez. Ce qui la frappa d'abord, ce fut la douceur du regard rieur. Ensuite, il y eut la drôlerie de la réplique et de la mimique qui l'accompagnait : « Nous devons avoir les mêmes goûts en matière de littérature et de papier toilette, c'est ce qui explique la méprise... » Il levait le doigt à hauteur de son nez et ses épaules étaient secouées de rire. Louise plongea le regard dans le caddie qu'elle conduisait depuis un moment et avisa trois tablettes de chocolat à la framboise totalement étrangères à ses habitudes d'achat.
— Oh, excusez-moi, je suis vraiment désolée, je suis un peu distraite ces derniers temps...
— Mais tout le plaisir est pour moi !
Il la regardait, il souriait, non, même il riait : « Alors je vous rends ça : mi-bas taille 36/38, ça : camembert au lait cru et ça aussi : croquettes pour chats, poulet, lapin et

légumes assortis, mon chat Walter est mort il y a trois mois. »

— Je suis désolée pour votre chat.

— Il ne faut pas, il a eu une vraie vie de patachon et il est mort dans son sommeil.

— Tant mieux alors, je suis contente pour lui et pour vous aussi. Enfin non, je suis triste quand même bien sûr. Excusez-moi encore ; bon, voilà ; au revoir et oui, moi aussi, il faut que je vous rende le chocolat à la framboise, c'est bon ça ?

— Ah, j'aime beaucoup… de façon déraisonnable même, goûtez !

Et sous les sourcils blancs et fournis du bon génie ménager, Louise s'exécuta avec le sérieux et la ferveur de la communion.

— Pas mal, avoua-t-elle avec retenue, tout en ayant l'impression de participer à une joute d'improvisation théâtrale.

— Voulez-vous sombrer dans l'addiction chocolat/framboise en échangeant un peu sur l'auteur de « *Jour de chance* » ? proposa l'inconnu familier désignant du doigt le Gallimard en équilibre sur la ouate rose des 24 rouleaux, dont 6 gratuits. Je vous invite à boire un café, une Grimbergen, un Cacolac, un Viandox, un lait de poule, un œuf de vache…

— C'est très aimable à vous, mais je ne peux pas, balbutia Louise ne sachant plus à quel code de conduite se raccrocher.

— Pourquoi non ? Juste une petite pause de rien du tout dans la vie. Nous allons peut-être devenir très amis, vous savez.

Comment interpréter cette erreur manifeste du continuum espace-temps (erreur de casting, caméra cachée, happening commercial ?) Quelle réponse donner à cet homme (qui ne ressemblait pas du tout à Trintignant) délicieusement improbable et providentiel ?

— Vous êtes journaliste, c'est ça ? Vous enquêtez sur les goûts littéraires de la ménagère de... supermarché ?

— Même pas, mais je veux bien enquêter sur vous. Alors, c'est oui ?

(NDA : lire à ce sujet l'excellente étude de Valérie Labrume sur l'instant suspendu ; entre destin et émancipation – PUF 2019)

— Non vraiment, c'est impossible.

— Donnez-moi une seule bonne raison de refuser et je m'inclinerai.

— Je ne peux pas parce que... parce que... j'ai des surgelés dans mon caddie.

— Écoutez, d'une part c'est déjà beaucoup moins douloureux que d'avoir des cailloux dans sa chaussure, et d'autre part, j'ai un plan B : venez chez moi, je suis sûr d'avoir un congélateur quelque part, en cherchant bien, je suis certain de remettre la main dessus.

Mais Louise s'éloignait en riant de bon cœur et en secouant la tête, s'efforçant de reprendre le cours normal des choses : pain de campagne, café, Nutella, chocolat à la framboise ?

« T'es conne, t'es conne, t'es conne… » se répétait Louise en chargeant les sacs dans le coffre. « Ma pauvre fille, aucune fantaisie, aucune imagination, complètement coincée, totalement nulle… », continuait Louise en vidant le coffre devant sa porte. « Drôle, sympa, gentil, original, même pas moche, et en plus il dit chariot au lieu de caddie ! Ça te coûtait quoi d'oser un peu pour une fois ? », ne décolérait pas Louise en bousculant la boîte de thon pour faire de la place dans le frigo.

« Dring », fit la sonnette.

Il était là, dans l'encadrement de la porte et Louise aima que l'air malicieux affiché cacha mal l'embarras. Il avait *« Jour de chance »* dans la main gauche et le chocolat à la framboise dans la main droite. Il manquait un bouton à son imper. Louise cligna des yeux parce que le soleil venait de percer à nouveau les nuages.

— Alors voilà, toussa-t-il : plan C. Je vous ai suivie, je sais, c'est pas bien, mais pour les enfants, je veux dire, les surgelés, c'est mieux comme ça, non ?

— Entrez…

Intime Conviction
Magali François

Léna avait appris très tôt à se battre en silence. Se battre contre le dégoût et la honte qui l'envahissaient, la culpabilité qui la broyait. Se battre, quel que soit le prix de la victoire et aussi dérisoire soit elle.
La jeune femme était entrée au centre de détention la veille, mais ressentait déjà l'impression d'une presque éternité dans ce bâtiment sans issue. Après le regard blasé des gendarmes qui avaient assuré son transfert, elle avait subi l'humiliation de la fouille au corps, retrouvé le froid des murs, la crasse, les paroles et les gestes dégradants alors que son corps frêle, nu, frigorifié, était exposé, examiné par des surveillantes méprisantes. Enfin, elle avait été conduite dans une cellule où une codétenue au regard hargneux l'attendait pour lui imposer ses règles. Léna aurait le lit du haut, elle devrait faire le ménage tous les jours et partager ce qu'elle réussirait à cantiner. Sinon…
Catapultée dans ce monde possédant ses propres lois, Léna avait appris les codes imposés par les plus anciennes ou les plus féroces et testé sa résistance aux provocations.
La jeune femme n'osait pas descendre de son lit. Elle n'avait pas fermé l'œil de la nuit, respirant en silence pour ne pas risquer d'éveiller celle qui dormait sous son matelas. Peur des représailles, des ripostes, peur de se retrouver une nouvelle fois en cellule d'isolement avec pour seule

compagnie les cigarettes qu'elle fumait à longueur de journée comme unique occupation. S'enivrer dans la fumée pour camoufler sa solitude. Se répéter les noms des pays qu'elle aimerait visiter pour apaiser ses angoisses. Détourner son esprit de la réalité. Essayer par tous les moyens possibles de leurrer son cerveau terrorisé qu'elle ne parvenait plus à ralentir.

Sa seule échappatoire était la promenade pendant laquelle elle restait à l'écart, fermait les yeux et offrait son visage aux rayons du soleil, faisant abstraction des cris, des injures et des coups de sifflet. Elle revoyait les paysages de son enfance : le pré derrière l'école d'un vert tendre au printemps, les blés dansant dans le vent d'été, les forêts rougissantes dans l'automne et le manteau blanc recouvrant les toits en hiver. Elle oubliait les miradors, les barreaux, la drogue qui circulait discrètement. Elle s'envolait bien au-delà de toute cette laideur, hors de son présent, rembobinant sa vie pour revenir au temps d'avant, avant les fouilles, les menottes et les humiliations. Avant le procès, le réquisitoire implacable et le verdict qui l'avait jetée dans ce monde carcéral qui broyait peu à peu sa jeunesse. Avant la peur, le silence, les larmes et lui.

Elle avait essayé de se réconcilier avec elle-même, de se pardonner, pour pouvoir survivre dans cet enfer. Cependant, malgré sa force apparente, les fines marques blanches sur ses poignets témoignaient de sa fragilité et de son dégoût pour sa vie. Ses yeux toujours baissés savaient éviter le conflit pour épargner son ventre ou son visage déjà abîmé. Fermer les yeux pour ne pas avoir à utiliser ses poings même si elle savait où frapper pour ne pas laisser de traces. Pas d'autres choix. La petite fille sage et obéissante n'existait plus depuis la cellule de garde à vue. Léna s'était forgé une carapace et une réputation. Elle vivait enfermée dans un mensonge derrière des barreaux.

La nuit, elle imaginait qu'un ailleurs était encore possible, s'évadait dans ses rêves peuplés d'espoirs anéantis avec l'aube. Elle se libérait de sa cellule en entendant, au loin, siffler les trains dont les passages rythmaient ses journées. Elle montait à bord, embarquant pour une vie sans lutte, douce et loin de la prison. Une vie de liberté dans laquelle elle pourrait hurler sa rage. Hurler la vérité. Léna ravala ses larmes. Il ne fallait jamais laisser transparaître une quelconque faiblesse dans ce monde impitoyable. Cachée sous sa couverture, elle entendait les rumeurs matinales de la prison chassant ses rêves d'ailleurs. L'eau froide faisait un bruit effrayant en s'échappant des lavabos. Le petit déjeuner serait bientôt servi : pain rassis, petite barquette de beurre rance et café amer.

Le judas de la porte de la cellule s'ouvrit sèchement et une surveillante passa la porte. Pas un bonjour, pas même un regard, juste deux plateaux posés sur la table. Aigrie, elle avait certainement rêvé d'une autre vie, plus sereine, plus valorisante et avait décidé de faire payer aux détenues le prix de sa déception. Elles n'étaient pas là par hasard. Elles l'avaient bien cherché alors qu'elles obéissent sans se plaindre et en silence. Sinon…

Léna savait qu'il lui restait au moins sept ans à tirer, malgré les remises de peine pour bonne conduite si toutefois elle parvenait à contrôler sa colère. Alors, elle tentait de se faire transparente. Accepter tant que cela était supportable. Encaisser pour expier sa faute. Elle ne revendiquait pas d'être la victime d'une erreur judiciaire. Elle n'avait jamais nié sa culpabilité. Coupable, elle l'était et devait payer sa dette envers la société. Mais elle n'avait pas eu d'autres choix.

Elle avait revécu le procès des dizaines de fois. Leurs visages venaient la hanter sans prévenir, surtout le soir, lui broyant les tripes. Elle n'avait pas pu expliquer la violence de son geste. Il était mort sur le coup, poignardé en plein cœur avec un couteau de cuisine. Les empreintes de la jeune femme avaient été relevées sur l'arme. Le sang de la victime tachait ses chaussures. La police avait trouvé des assiettes cassées sur le sol, des verres brisés : scène de crime au décor culinaire.

Son avocat, commis d'office, n'avait pas su trouver les mots pour la défendre. Il n'avait même pas essayé, persuadé que le procès serait perdu d'avance. Sa culpabilité ne faisait aucun doute. Elle avait avoué. Aucun intérêt pour cette femme dont le dossier ne lui rapporterait presque rien. Il pensait peut-être que toutes ses années d'étude ne valaient pas cette affaire. Il espérait qu'elle serait vite bouclée, oubliant déontologie et compassion.

Léna avait donc été jugée coupable. Elle avait avoué, mais pas expliqué. Les mots étaient restés coincés dans sa gorge. La honte lui avait interdit de parler, de soulager sa conscience. Envolé l'élément moral, bafoué les principes constitutifs de l'acte. Face à elle, retranchés derrière leur serment, sous l'ombre de l'intime conviction planant sur eux, ils avaient cru en l'équité de leur verdict qu'ils pensaient exemplaire. Ils s'étaient ainsi forgé leur intime conviction, forts des analyses scientifiques fournies par les experts, des preuves matérielles et des aveux. Sans mobile. Les visages impassibles reflétaient la satisfaction du devoir accompli. La justice avait été rendue.

Seule l'absence de préméditation avait allégé sa peine de quelques années.

Léna savait pouvoir endurer la souffrance et l'humiliation. Elle était plus résistante qu'elle ne le montrait. Elle avait grandi dans le déni, apprivoisé le refoulement, dompté l'humiliation, seule dans le silence. Seule contre ceux qui ne la croiraient pas. Seule pour ceux qu'elle voulait préserver. Elle n'avait jamais pu s'abandonner dans les bras d'un homme, ne connaissant pas la douceur des matins partagés ni la tendresse des soirs d'hiver. La jeune femme avait appris à vivre telle une bête aux abois, traquée, méfiante, prisonnière de son silence, menottée par des mots voilés de menaces et un regard glaçant.

Léna avait voulu épargner sa mère, protéger sa petite sœur. Elle avait accepté l'inacceptable en silence pendant toutes ces années. Pour ne pas avouer l'indicible. Pour ne pas noircir cette image de famille de carte postale. Pour ne pas briser leur illusion de bonheur.

Ils avaient cru tout au long du procès qu'il avait été un père exemplaire.

Ils en avaient tous eu l'intime conviction.

Cette petite folie qu'on appelle l'amour
Anthony Havret

Par une caresse voluptueuse sur ses pensées endolories. Ainsi commença la période la plus intense de la vie de Mathilde. Aux yeux de tous. Personne, pourtant, n'en sut jamais rien.
C'était le vingt mars 2020. Comme elle en avait l'habitude depuis le début du confinement, avant le dîner, elle s'enferma dans la chambre conjugale pour lire. Et pour s'évader de l'atmosphère lourde de silence. Des années où elle travaillait comme bibliothécaire, avant de n'être plus que la femme du haut fonctionnaire Julien Delois, elle avait gardé son amour des livres. Ce jour-là, elle relisait Madame Bovary. Cruelle ironie du destin. Dans le vieil appartement parisien du couple de quinquagénaires, l'air était suffocant, surchargé comme son décor suranné. Cela avait été plus facile de se supporter trente années de vie commune que ces cinq jours pendant lesquels le cours lancinant des choses avait été chamboulé, ne cessait de se répéter Mathilde, exténuée par tout ce rien, ce vide, ce silence, cette vie et cet avenir insensés qui soudain lui sautaient à la figure, et la tétanisaient. Elle s'extirpa des passions palpitantes d'Emma pour accomplir ce geste prosaïque dont elle se sentit lasse d'avance : ouvrir la fenêtre. Des notes de violon langoureuses s'échappèrent de l'immeuble d'en face et la retinrent. Comme un écho aux sentiments flamboyants qui

embrasaient le cœur de l'héroïne de Flaubert. Avec une fiévreuse célérité, c'est celui de Mathilde que ces notes enflammèrent. Comme une évidence. Brusque. Insensée. Irrépressible. Émanait de chacune de ces notes une ardente mélancolie qui lui étreignit le cœur comme si elles se faisaient l'écho de pensées trop longtemps enfouies en elle qui se libéraient soudain avec une force décuplée. L'entrée tonitruante de Julien la ramena à son âpre réalité.

— J'espère qu'on ne va pas devoir supporter ces bruits chaque soir ! grommela-t-il.

— Cela permet de s'évader, répondit sobrement son épouse qui avait pris l'habitude de ne jamais le contrarier.

— Mais de quoi donc ? On n'est pas en prison que je sache. Tu sembles sonnée, Bichette. C'est ton bouquin ? Que lisais-tu ? asséna-t-il en fermant la fenêtre.

— Madame Bovary, murmura-t-elle comme si elle avait avoué un sombre secret.

— C'est ce qui te donne ces idées. Ce bouquin !

Il avait dit cela sur un ton désinvolte comme si c'était impensable. Sa femme était sa femme, et ainsi n'en était plus une à part entière. C'était acquis. Il disposait d'un droit inaliénable sur sa vie, ses pensées même. Elle ne pouvait s'évader. Même en rêve. Pire qu'une prison. Tandis qu'elle le suivait dans la cuisine, elle observait sa nuque, perplexe. Cette nuque qui l'avait séduite trente-cinq ans plus tôt. Elle travaillait alors comme bibliothécaire à la faculté de Droit. Celui dont elle ne savait pas encore qu'il se prénommait Julien était penché sur le Code civil. Perdue dans l'admiration de sa nuque, presque indécemment offerte, elle avait trébuché puis buté contre sa chaise. Il s'était retourné. Leurs regards s'étaient croisés, souri, happés, compris (du moins, le crut-elle alors). Un dîner. Des dîners. Une nuit. La vie, enivrée soudain. Des nuits. La vie à deux. Un enfant. Le foyer pour seul horizon. La vie, indolente. Et des nuits infinies, pour ne plus penser aux jours qui se suivaient et se ressemblaient.

Il se retourna comme alors. Leurs yeux ne se souriaient plus.

Le lendemain, Mathilde peina à se concentrer sur son livre. Elle ouvrit la fenêtre avant vingt heures et, fébrile, attendit. À l'heure dite, les premières notes s'envolèrent. Vertige tentateur. Quelques voisins, à leur fenêtre, écoutaient religieusement. Elle aurait aimé savoir qui sublimait cette complainte envoûtante, mais le musicien jouait dans un recoin de son balcon. D'où elle était, elle ne pouvait le distinguer. Julien savait forcément qui était l'occupant de cet appartement : il n'ignorait rien du voisinage. Il savait d'ailleurs mieux ce qui se passait chez les voisins que ce qui se passait sous son propre toit. Comme la veille, il entra, ferma la fenêtre. Et ainsi abrégea les impétueux élans de Mathilde.

— Je l'avais dit qu'on y aurait droit tous les soirs ! tonna-t-il.

— Tu sais qui habite dans l'appartement d'où provient la musique ? demanda Mathilde d'une voix qu'elle voulut la plus naturelle possible, mais dont elle réalisa qu'elle tremblait.

— Oui. Toi aussi, tu en as marre ? Ne t'inquiète pas. Je laisserai un mot, répondit son mari, ravi, à mille lieues d'imaginer l'émotion qui s'emparait de son épouse, à mille lieues même d'imaginer qu'une telle émotion pouvait à nouveau s'emparer d'elle.
Elle attendit le dîner pour poser la question qui l'obsédait.
— Tu ne m'as pas dit qui c'était. Le bruit…, se força-t-elle à ajouter.
— Ah ! Mais si évidemment ! Tu sais bien que je n'ignore rien de ce qui se passe ici. Le guichetier de la banque du dessous. Cyril je sais plus comment. T'as remarqué ? Il improvise ! Improviser au violon : quelle prétention faut-il !
Elle voyait vaguement de qui il s'agissait. Elle l'avait vu une fois à la banque, lui semblait-il, la seule fois où elle y était allée, mais ne se souvenait absolument pas de son visage, simplement du ton de sa voix, apaisant. Mais elle aurait pu le croiser ailleurs, elle ne l'aurait pas reconnu. Cyril je-ne-sais-plus-comment était de ces personnes qu'on n'identifie pas en dehors de leur travail. Mais le lendemain, elle se le figurait déjà différemment. Dans son imaginaire, les amants d'Emma endossaient ses traits. Et c'est avec plus de promptitude encore que Mathilde se posta à sa fenêtre. Cette fois, il joua aux yeux de tous. Mathilde sursauta en le voyant. Déçue d'abord. Au premier coup d'œil, hâtif bien sûr, on se disait qu'il était difficile de trouver physique plus commun. Pas de ceux qu'on imaginerait inspirer quelque passion secrète. De taille moyenne, il avait le front dégarni, et une sorte de lassitude émanait de son aspect général si bien qu'il semblait avoir le même âge que Mathilde alors

qu'une bonne décennie devait les séparer. Mais Mathilde trouva que l'émotion qu'exaltait sa musique transfigurait son physique, certes ordinaire. Elle finit même par se dire qu'un physique immédiatement qualifié d'avantageux n'aurait pas inspiré un tel chavirement, que la vraie beauté se découvrait et ne s'offrait pas immédiatement au regard.

Tandis que chaque note lui transperçait l'âme, elle s'examina dans le reflet de la vitre de la fenêtre : son visage languissant, ses cheveux ébouriffés, ses vêtements informes. Et ses yeux qui pétillaient d'une lueur oubliée. Mais bien sûr, il ne la voyait pas. Il était concentré uniquement sur ses notes. Dans chacune d'elles, il semblait jouer sa vie, ou défier la mort peut-être.

Chaque soir, Mathilde attendit. Chaque soir, un peu plus impatiente. Un peu plus vivante. Un peu plus grisée, et consciente malgré tout, avec effroi, de l'être. Elle s'apprêtait, ce dont elle n'avait plus l'habitude depuis longtemps, plus l'envie.

Julien la félicita, à sa manière :

— Tu fais des efforts, Bichette. Pour une fois. Tu vois quand tu veux.

Chaque soir, il venait interrompre ce moment suspendu s'étonnant que malgré cette « cacophonie » elle laissât sa fenêtre ouverte. Elle disait qu'elle avait chaud, terriblement. C'était si vrai.

— Je lui écris une lettre bien sentie, tu me connais, Bichette. Demain, je la mets dans sa boîte aux lettres, décréta Julien, un soir, après avoir fermé la fenêtre un peu

plus rageusement que d'habitude, outré par le nombre croissant de spectateurs à leurs balcons.
— Laisse, tu as déjà assez de travail. Je l'écrirai. Tu la déposeras, répondit-elle, s'étonnant de son propre aplomb à feindre l'indifférence.
— Heureusement que tu es là, Bichette, la remercia-t-il en la gratifiant d'une petite tape sur l'épaule.
Le soir, Bichette écrivit ces mots :
« Votre musique m'a redonné le goût du jour, des autres, de la vie, de la dévorer même. Comme une caresse sur mes rêves cadenassés. Merci. La femme en rouge. »
Mi-inquiète, mi-amusée, elle regarda Julien enfouir la lettre cachetée dans sa poche, complice de la tromperie dont il était victime.
Le lendemain, quand il vint la chercher dans sa chambre pour dîner, Julien s'étonna à peine de la trouver déshabillée, cheveux et traits défaits, une robe rouge jetée à terre.
— Tu as vu, ça a fonctionné ! Pas de musique ce soir ! claironna-t-il, triomphant.
Il ne s'aperçut de rien : ni de la détresse dans le regard de Mathilde, ni de l'effort surhumain qu'elle fit pour lui parler ce soir-là, elle qui se sentait si joyeuse et prompte à converser de tout et de rien, ces derniers jours.
La fenêtre d'en face ne s'ouvrit pas ce soir-là. C'était une semaine avant le déconfinement. Elle ne s'ouvrit pas plus les suivants. Plongeant le quartier dans un silence de cathédrale. La vie de Mathilde reprit son cours. Sa vie morne, morte, plus douloureuse encore. Avant, Mathilde croyait qu'il n'y avait que cela, cet écoulement fastidieux

des jours à attendre le crépuscule. Désormais, elle connaissait cet éden exaltant qui en exacerbait l'insupportable vacuité.
Onze Mai 2020. Vingt heures. Le jour déclinait docilement. Mathilde fit semblant d'acquiescer quand Julien déclara que ces jours de confinement avaient été terribles, qu'ils respiraient enfin. En l'entendant dire cela, brutalement, elle réalisa qu'elle ne s'était jamais sentie ainsi, heureuse, riche de ses illusions éperdues. Du moins jusqu'à ce que la musique cessât. Lui faisant réaliser qu'elle ne le serait jamais plus. Péniblement, elle se leva. Julien s'amusa de la voir pour une fois fermer la fenêtre. Ignorant qu'elle donnait sur l'ailleurs. Sur son sentiment d'éternité éphémère. Et sur la possibilité du bonheur.
Des années de conservatoire, Cyril avait conservé les regrets d'une carrière avortée, et sa passion du violon. Une semaine avant le déconfinement, son épouse Anne rentra de chez ses parents en Bretagne où elle était depuis mars pour les aider. Leur tendresse routinière reprit ses droits. Cyril cessa de jouer aussi subitement qu'il avait recommencé. Et pour toujours. Chacune de ses notes charriait tant de fougue qu'il aurait eu l'impression de tromper Anne sous ses yeux. Il avait tant aimé jouer chaque soir. Pour tous, et en réalité pour une seule, une voisine de l'immeuble d'en face, qui n'en saurait rien comme elle ne saurait jamais qu'elle avait ébloui et capturé ses pensées, un jour d'hiver à l'image de cette émotion : implacable. Il s'en souvenait très bien. Il régnait un froid intransigeant ce jour-là. Le chauffage de la banque était tombé en panne. Il s'était dit que sa vie

ressemblait à cela : un hiver sans fin qu'aucune joie ne viendrait plus réchauffer. Bien sûr, il y avait Anne. Mais jamais elle ne lui avait inspiré ce volcan impétueux d'émotions que la musique lui provoquait. C'est pour cela qu'il n'avait plus jamais joué depuis leur mariage. Chaque note était alors comme un couteau dans la plaie de son âme endolorie. Mais Anne avait beaucoup de tendresse pour lui, et ne lui avait jamais rien reproché. L'enfant délaissé qu'il avait été avait alors confondu gratitude et amour, et surtout estimé qu'il ne méritait pas plus, que c'était déjà bien pour quelqu'un comme lui.

Et puis Mathilde était arrivée ce fameux jour glaçant d'hiver. À quoi cela avait tenu ? Une manière de le regarder. Franche et douce. Une façon bienveillante de s'adresser à lui, de s'inquiéter du froid qui régnait dans la banque et qui devait rendre difficiles ses conditions de travail. Une délicate lenteur dans ses gestes. Des yeux marrons hypnotiques qui paraissaient gigantesques et prompts à s'étonner de tout, mais épuisés de la répétitive quotidienneté des jours qui ne leur permettaient plus de s'étonner de rien. Une bouche charnue d'une perfection captivante qui semblait avoir été dessinée par de Vinci, et faire oublier les traits un peu las que des cheveux d'un brun parfait encadraient harmonieusement. Et des lèvres descendantes qui semblaient s'excuser de cette sensualité incongrue qu'elles symbolisaient, et regretter surtout qu'elle fut vaine. Ce fut la seule fois qu'il la vit à la banque. C'était son mari qui s'occupait habituellement de cela. Un quinquagénaire sinistre dont l'affabilité exagérée l'exaspérait. Dès lors, à quarante-cinq ans, il comprit et pour la première fois de sa vie ce que signifiait tomber amoureux. Tomber. Amoureux. Littéralement. Cela vous tombait dessus sans crier gare, vous faisait choir dans un ailleurs insondable. Sans raison tangible. Sans logique apparente. Et cela engloutissait et transformait tout l'univers. Et aspirait le vôtre. Une dégringolade étourdissante. Peut-être qu'il n'y aurait plus repensé s'il ne l'avait entrevue sur son balcon dans l'immeuble d'en face quelques mois plus tard. Si triste. Mieux la connaître et attirer son attention lui sembla alors vital. Et absurde. Il s'était employé à ne plus y penser. Il y était à peu près parvenu. Mais avec le confinement et la solitude, il s'était senti comme un drogué en manque. De son attention. De son regard. Un manque contre lequel il ne pouvait rien et à côté duquel rien d'autre ne comptait. Et le doux mal n'en avait été que plus coriace. Alors, il avait ressorti son violon de la cave. Et il avait eu cette idée : l'aimanter avec sa musique. En vain. Chaque jour, le même espoir renaissait. Chaque jour, la même déception l'accablait un peu plus. Elle semblait ailleurs. Le regarder sans le voir. Le jour du retour d'Anne, c'est la fenêtre sur ce rêve qu'il referma. C'était mieux ainsi, s'était-il dit. C'était tout ce qu'il méritait. On ne se mettait pas à croire au bonheur à quarante-cinq ans.

À son retour de Bretagne, Anne avait vidé la boîte aux lettres qui débordait de courrier. « Distrait, comme toujours », comme elle lui avait reproché, Cyril n'y avait pas pensé une seule fois durant son absence et le courrier s'était accumulé. Il ne lirait jamais cette lettre de la « femme en rouge » et ainsi ne comprendrait jamais pourquoi son épouse avait brusquement tant insisté pour déménager. Il s'était plié à ce désir. Ainsi ne ferait-il plus face à ses regrets, s'était-il dit.

Mathilde et Cyril se croisèrent. Une fois. Une seule. Dans leur rue, la veille du déménagement de ce dernier. Un jour où un espiègle hasard et leurs pas hâtés par la pluie les firent se heurter. Ils s'immobilisèrent. Abasourdis. Le temps s'étira. Ils hésitèrent. Il aurait suffi d'un mot de la voix apaisante de Cyril. Ou d'un sourire sur les lèvres captivantes de Mathilde. À cause d'elle, à cause de sa lettre, il avait cessé de jouer se dit l'une. Il n'était rien pour elle, qu'un invisible inconnu, songea l'autre. Alors, ils repartirent. Sans un mot. Sans un sourire. Accablés. Avec, en tête, la même musique pétrifiante. Celle des illusions terrassées.

Joyeux Noël !
Michel-Henri Balla

Réfugié depuis plus de deux heures sous la table de la salle à manger, Théo commençait à ressentir quelques tensions au niveau des cuisses et des avant-bras, du fait de sa position allongée. Le pire dans tout ça venait sans doute de son estomac, qui cherchait à se débarrasser du copieux repas qu'il avait pris la veille lors du réveillon, aux côtés de son oncle Richard et de sa mère. Impossible d'abandonner si près du but. Il fallait attendre encore un peu.

En trois ans, le jeune élève de CE2 avait développé une obsession maladive vis-à-vis du père Noël et de la petite souris. Il éprouvait l'irrésistible envie de les voir en vrai, pour leur poser des questions qui le taraudaient depuis toujours, dont deux en particulier : pourquoi le père Noël se basait-il plus sur les résultats en maths pour offrir des cadeaux, au détriment de la moyenne générale du carnet de notes qui s'avérait parfois bien meilleure ? Et pourquoi la petite souris donnait-elle systématiquement le même montant (un euro), quelle que soit la taille de la dent qu'il accordait en échange ? Une canine ne présentait pas le même gabarit qu'une molaire pourtant…

Alors qu'il essayait de se mettre sur le dos pour atténuer la souffrance qu'il commençait à ressentir, un léger tumulte vint l'interrompre dans sa manœuvre. Le moteur du réfrigérateur qui se remettait en marche ? Non, le bruit provenait de l'étage. Cela ressemblait plutôt à la poignée d'une porte, celle de sa mère certainement. Quelques pas se succédèrent sur le palier, avant que Théo n'entende le grincement barbare de la porte de sa chambre à coucher. Comme souvent, Nathalie s'assurait que son fils ne passait pas une partie de sa nuit à jouer à la Nintendo DS, sauf que le garnement avait tout prévu : console de jeu enfouie sous le matelas, et un sosie composé de trois grands oreillers accolés les uns aux autres, le tout recouvert d'une couette bien chaude pour éviter que son jumeau n'attrape un vilain rhume. « Pourvu que ça marche ! », priait-il.

Nathalie referma la porte, puis revint sur ses pas. Bizarrement, elle marqua un temps d'arrêt avant de poursuivre son chemin. On aurait dit qu'elle ne se dirigeait pas vers sa propre chambre, mais plutôt vers… les escaliers. Qu'est-ce qu'elle venait chercher en bas à cette heure ? Un verre d'eau peut-être ? Cela serait probablement la meilleure option, parce que si elle s'était rendu compte de l'absence de Théo, celui-ci allait certainement dire adieu à ses cadeaux.

Dans son pyjama bleu marine, l'enfant reçut un pic d'adrénaline. Le souffle coupé, les paupières serrées, le corps recroquevillé, il était prêt à exploser. Sa mère se retrouvait maintenant au pied des escaliers, à quelques foulées seulement de la table sous laquelle il se trouvait. Tout tombait à l'eau !

Nathalie tourna les talons et se dirigea vers la pièce d'à côté, où le sapin trônait. Le garçonnet eut l'impression qu'elle déposait plusieurs objets sur le parquet. « Qu'est-ce qu'elle peut bien faire ? » se questionna le garnement.

Quelques secondes après son intrusion dans la pièce contiguë à la salle à manger, la maîtresse de la maison reprit les marches d'escalier.
Allongé sur le dos, la cage thoracique dégonflée, l'apprenti espion pouvait enfin souffler. Ni vu ni connu.

Toujours pas de père Noël. Les multiples regards jetés à travers la baie vitrée n'avaient aperçu aucun chariot lumineux dans le ciel, et encore moins des rennes aux bois enguirlandés. Le jeune garçon commençait à désespérer. Leur domicile ne présentait pas de cheminée, alors comment pouvait-il connaître l'entrée que son bienfaiteur utiliserait dans ce cas-là ? Difficile à dire. Au moment où il évaluait les différentes voies d'accès, un cône de lumière provenant de l'extérieur attira son attention. Théo sortit de sa cachette et se rapprocha de la baie vitrée pour mieux observer son origine. Il venait de la maison voisine, celle de la famille Martin. En face dudit domicile, se trouvait une fourgonnette blanche, pilotée par un individu vêtu de noir. « Voilà donc à quoi ressemble le père Noël », s'émerveilla-t-il. Les bandes dessinées qu'il s'attelait à lire assidûment ne proposaient au final que balivernes et histoires à dormir debout. Le père Noël n'avait en rien l'apparence d'un vieux barbu en surpoids qui flotte dans le ciel, vautré paresseusement dans un chariot aux sièges couverts de velours. Il s'agissait plutôt d'un bon samaritain, qui passait de maison en maison avec sa fourgonnette, vêtu de vêtements sombres et non d'un costume rouge.

L'homme tant attendu braqua le halo de la torche qu'il avait en main sur une des fenêtres du domicile des Martin, avant de l'ouvrir quelques secondes après. La magie opérait enfin. Les cadeaux allaient être déposés au pied du sapin ! Soucieux de ne pas se faire remarquer, Théo retourna sagement sur le tapis bordeaux qu'il avait occupé les heures précédentes, en espérant le tour de leur résidence. Son rêve allait se réaliser. Il allait rencontrer le père Noël !

Une vingtaine de minutes plus tard, le moment tant attendu se présentait. Un bruit subtil sur la fermeture à crochet de la baie vitrée, deux vis qui tournent, et puis… clac ! Enfin ouverte. Un léger vent s'introduisit dans la pièce, venant déposer de douces morsures glacées sur la plante de pied du bambin. Maintenant que cet altruiste se trouvait si près, Théo ne put se résoudre à le confronter. Comment le père Noël réagirait-il s'il le voyait ? La fuite ? La colère ? Impossible de savoir. Résigné, le jeune garçon se contenta d'observer les allées et venues de Saint-Nicolas, qui portait une paire de brodequins, lui rappelant de longues et belles heures de randonnée. Une fois l'entièreté des cadeaux déposés, l'homme cagoulé referma la baie vitrée dans le silence le plus absolu, avant de quitter les lieux à bord de son véhicule. De son côté, Théo emprunta les escaliers pour regagner sa chambre, sans même s'enquérir du nombre et de l'aspect des paquets qu'il avait reçu. Dans cette situation, une bonne nuit de sommeil s'imposait, avant l'ouverture des présents.

Le grincement de la porte seul réussit à tirer le marmot de son sommeil. Sur le pas de celle-ci, une belle femme blonde à la chevelure dorée, qui embaumait toute la pièce de sa divine eau de toilette à la lavande.

— Alors mon chéri... tu n'ouvres pas tes cadeaux ce matin ?

— Si Maman, c'est juste que je suis trop fatigué.

— Ah bon ? Nous sommes allés nous coucher vers vingt-trois heures pourtant.

— Oui, mais... j'avais un rendez-vous cette nuit, lança Théo avec un grand sourire aux lèvres.

Intriguée, la veuve de trente-huit ans fronça légèrement ses sourcils marron clair.

— Un rendez-vous ? Avec qui ?

— Le père Noël !

— Comment ça ?

— J'ai vu Papa Noël arriver à la maison quand tu dormais. Il roulait dans un camion tout blanc, avec des habits noirs. Il est d'abord passé chez Arthur, avant de venir ici.

Les yeux sortis des orbites, Nathalie peinait à comprendre ce que son fils lui racontait. Le père Noël ?! De quoi parlait-il ?!

— Et devine quoi ? Il avait les mêmes chaussures Kappa que Tonton Richard !

À peine avait-il terminé que Nathalie s'empressa de dévaler les escaliers, abandonnant Théo qui, le sentiment du devoir accompli, reposa délicatement son crâne sur son oreiller. Le visage teinté d'un air de satisfaction, il profitait des quelques minutes de repos qui lui restaient avant d'entamer cette belle journée de Noël.

Quand le padishah n'est pas là...
Janine Jacquel

Le printemps était arrivé et le padishah était parti. Il était parti à la guerre. La guerre qu'il aimait plus que tout, plus que ses femmes, ses fils, son palais et son empire. On chuchotait qu'il la préférait même à sa mère.

Il était parti, jouissant déjà à la perspective des combats au cours desquels il pourrait montrer au monde entier — médusé — combien sa bravoure n'avait pas d'égale sur terre. Ah ! Il n'en ferait qu'une bouchée de ces va-nu-pieds, ces misérables, ces vils gens qui se terraient comme des animaux au cœur des montagnes. Décidément, ce n'étaient pas des hommes...

Quand on eut entendu le bruit des chevaux, le cliquetis des armes, vu les soldats d'élite défiler dans leurs brillants uniformes et franchir la haute porte des remparts qui ceignaient la ville, on se prit à respirer à pleins poumons. La vieille cité se sentit soudain toute jeune et légère, comme libre de vivre à son gré. On trouva que le printemps n'avait jamais été si délicieux : les oiseaux chantaient à tue-tête dans les jardins, les fleurs déployaient leurs corolles dans les patios. La mer s'était calmée, libérée des vents hivernaux, elle offrait complaisamment ses vagues au soleil étincelant. Les animaux de la ménagerie du palais semblaient, cette fois-ci, ne pas souffrir de l'absence du maître vénéré qui leur rendait une visite quotidienne et leur dispensait, quand il était sûr de ne pas être entendu, des petits noms affectueux. Tout le monde voulait profiter de ce printemps prodigieux et, se frottant les mains, les commerçants du souk n'en finissaient pas de compter et recompter les pièces d'or et d'argent qui, le soir, s'entassaient dans les cassettes.

Au palais, l'humeur était joyeuse et l'atmosphère plus légère. Plus rien ne pesait. On se serait cru dans un monde nouveau où l'on pouvait rire, parler à haute voix et pourquoi pas, fredonner. Cette presque exubérance était d'autant plus palpable que trois nouvelles concubines venaient juste d'arriver. Choisies avec un soin avisé par le gardien-chef du harem, elles personnifiaient toutes trois la divine jeunesse et la parfaite beauté. Dès leur arrivée, les eunuques avaient manifesté à leur égard un sentiment qu'ils n'avaient jamais ressenti et qui s'apparentait à de l'indulgence. Il faut dire que ces Circassiennes étaient irrésistibles de gaieté et de fraîcheur primesautière. Deux étaient sœurs jumelles et leur chevelure d'un roux éclatant allait ravir le padishah, c'était sûr et certain. La plus jeune, blonde comme les blés, était plus réservée et sa modestie allait peut-être convaincre le souverain qu'il avait enfin ! rencontré la femme de ses rêves.

Bref, tous les occupants du palais paraissaient goûter la vie et en apprécier les bonheurs, tous, sauf, sauf… la mère du padishah qui, dans sa longue robe violette aux noirs ramages, faisait une mine de cent pieds de long et ne cachait pas sa désapprobation.

Les beaux jours s'étaient enfuis, le printemps, l'été avaient passé à la vitesse de l'éclair. Déjà l'automne, avec son mauvais temps et ses tempêtes, s'annonçait. La mer devenue grise attaquait de ressacs violents le rocher sur lequel le palais dressait ses tours et son double rempart. En ville, la mélancolie avait conquis les cœurs et les esprits. Pourtant personne, du mendiant au riche commerçant, du balayeur à l'armateur cousu d'or, ne doutait de la victoire éclatante de l'armée impériale : la réputation de stratège hors pair du padishah était si bien établie. Alors, pourquoi ne rentrait-il pas ? On commençait à trouver le temps long.

Au palais, les trois Circassiennes avaient perdu leur belle humeur. Elles commençaient à se sentir à l'étroit dans leur cage dorée et regrettaient les montagnes, les profondes forêts et les vastes prairies balayées par les vents du Caucase. Elles n'osaient penser à leur mère, à leurs amies de peur de fondre en larmes. La nostalgie les tenait bel et bien.

La plus audacieuse des trois décréta qu'il fallait agir sous peine de tomber dans le plus noir des chagrins et ne pas s'en remettre. Il fut vite décidé, sans demander la moindre permission, de faire venir des musiciens à l'intérieur du gynécée. Pourquoi se priver de ce plaisir innocent ? N'étaient-elles pas toutes trois de haute naissance ? N'avaient-elles pas reçu la meilleure des éducations et fréquenté les plus grands maîtres de la poésie et de la musique ? Leur souhait se trouva réalisé comme par un coup de baguette magique. Cachés derrière un épais rideau, les musiciens préparèrent leurs instruments et les sons enchanteurs de l'oud, du kanoun qui ressemble à la cithare et du luth s'élevèrent dans l'air ouaté du harem. Aucune des autres femmes ne se montra. Elles demeurèrent calfeutrées dans leur chambre, comme indifférentes au charme de la musique. Mais les deux sœurs et leur jeune cousine, tout à leur plaisir de vivre retrouvé, n'y prirent garde. Un jeune étourdi venu réparer une porte qu'il fallait absolument fermer avant la nuit, aimanté par la musique dont il était fou, s'approcha et fut vite invité. On chanta, et comme on était des musiciennes accomplies, on accompagna les artistes du palais. La plus jeune, surmontant sa timidité, saisit la main du serrurier et esquissa quelques pas de danse, bientôt imitée par les deux sœurs. Mais la ronde fut bien vite interrompue par l'arrivée brutale des eunuques qui congédièrent manu militari les musiciens et s'emparèrent sans ménagement du jeune homme qui n'avait pas bien compris ce qui lui arrivait. Juste avant l'irruption des funestes gardiens, il avait eu le temps d'entrapercevoir une longue et maigre silhouette vêtue d'une ample tunique violette et noire. Il lui avait semblé, à la lumière d'une chandelle, qu'elle détaillait la scène de ses yeux globuleux de spectre et ricanait toutes dents dehors.

*

C'est par une nuit sans lune que le padishah retrouva sa capitale. Personne ne put voir — officiellement — la cohorte clairsemée de soldats recrus et dépenaillés traverser la ville et gagner ses quartiers. Le padishah plus que maussade cachait son désarroi sous une attitude bravache qui ne trompait personne, surtout pas ses fiers janissaires. Il tentait de se rasséréner en imaginant toute une kyrielle de supplices plus cruels les uns que les autres qu'il infligerait sans tarder à son éminent astrologue. Après avoir minutieusement étudié les cartes du ciel, l'auguste savant avait approuvé son départ à la guerre. Et ce voyant soi-disant extralucide n'avait pas prévu non plus le scandale et le déshonneur qui attendaient son maître : il ne l'avait pas dissuadé de partir, bien au contraire, en courtisan accompli qu'il était, il l'avait encouragé, flattant à l'occasion sa vanité et son orgueil démesuré.

Dissimulée par les blocs de marbre noir de la porte monumentale du palais, une noire silhouette attendait immobile, telle une statue. C'était la toute-puissante maîtresse du harem, la mère du padishah. Lorsque ce dernier vit son visage d'une lividité cadavérique, il pressentit un malheur. La vieille gardienne du lieu interdit fit son rapport d'une traite, sans reprendre son souffle. On aurait dit qu'elle se hâtait de se décharger d'un événement trop grand pour elle, qui pesait sur ses vieilles épaules, et que le simple fait de le raconter souillait sa noble lignée pour les siècles des siècles. Quand elle se tut, après qu'elle eut pris soin de rapporter tous les détails, ce fut la tempête, pis, un maelstrom, un tsunami.

Hors du palais, on ne sut pas vraiment ce qui avait déclenché la terrible colère du terrible tyran. En revanche, les condamnations furent publiquement annoncées et commentées, déclenchant l'effroi des uns et le plaisir sadique des autres. Les musiciens, bien qu'ayant joué derrière un rideau, eurent les yeux crevés et le gardien-chef du harem veilla personnellement à ce que pas un n'échappât au châtiment. La fontaine du Bourreau, dans laquelle ce dernier nettoyait sa hache, vit son eau rougie pendant plusieurs jours, le temps qu'il fallut pour décapiter tous les eunuques, y compris le zélé gardien-chef dont le corps fut découpé et jeté en pâture aux animaux du zoo. Les lions et les tigres renâclèrent bien un peu, car le bonhomme était vieux et décharné. Quant à l'apprenti serrurier, il eut droit, comme il ne faisait pas partie des artisans agréés par l'administration du palais, à une exécution publique. Son père eut beau se lamenter, supplier à genoux, allant même jusqu'à affirmer que son fils était un peu simplet (ce qui n'était peut-être pas faux), les juges demeurèrent inflexibles. Il fallait un exemple qui préviendrait tous les comportements malséants des jeunes gens qui devenaient de plus en plus indociles et désobéissants. Quand tout fut fini, le padishah allait dormir du sommeil du juste, c'était du moins ce qu'il pensait…

Le padishah se tournait et se retournait dans son lit. Le sommeil tant souhaité ne venait pas. Au contraire, il semblait fuir à mesure que la nuit déroulait ses sombres replis. Le maître des guerriers, les yeux grands ouverts, ne voyait que des ruines, des blessés et des morts. Il revoyait surtout trois femmes en pleurs, tassées dans leurs voiles. Il avait deviné plus qu'il n'avait vu leur extrême beauté et leur jeunesse. Elles se lamentaient, sanglotaient, imploraient sa pitié et déchiraient leur visage de leurs longs ongles manucurés. Le cœur du padishah en fut presque ébranlé, mais derrière lui se dressait une haute silhouette noire et violette. Il avait dû sévir... Il avait beau chasser toutes ces images de mort, elles revenaient sans cesse occuper son esprit. Ce cauchemar éveillé dura longtemps et pour obtenir l'assoupissement tant désiré, il aurait donné le fameux diamant rose, joyau des joyaux de son Trésor, que toutes les têtes couronnées d'Europe et d'Asie lui enviaient.

Puis, sans que rien ne l'annonçât, une rumeur venue on ne sait d'où remplaça le silence nocturne. Un vent dément prit possession de la ville et du palais, ployant les arbres sur son passage, faisant grincer toutes les portes, poternes, grilles qu'il rencontrait. Les girouettes geignaient, les toits malmenés regimbaient sous des coups de boutoirs incessants et qui allaient s'accélérant. Une clameur horrible se faisait entendre, maltraitant les oreilles de toutes les créatures vivantes. C'étaient les Djinns, funestes hérauts de la mort imminente. Le padishah les reconnut :

« C'est à moi qu'ils en veulent. Ils approchent et personne, paraît-il, ne peut les arrêter. Ils ont pris possession de la mer, je les entends, ils assaillent le port puis ce sera le tour du château. Mais il ne sera pas dit que je serai resté enfoui sous mes couvertures sans rien faire ! »

Il se leva, mit ses brodequins aux semelles cloutées, annonçant ainsi, au bruit de ses pas dans le labyrinthe du palais, qu'il ne voulait croiser âme qui vive. Quand il arriva au sommet de la plus haute tour, l'haleine des Djinns qui empuantissait la nuit lui donna de si violents haut-le-cœur qu'il dut s'appuyer à la muraille crénelée. La lune effrayée s'était cachée sous un gros nuage, ne laissant qu'un mince croissant de lumière pour éclairer la scène : la mer bouillait comme une marmite, faisant valser les esquifs des pêcheurs tandis que les lourdes galères tanguaient comme des fétus de paille.

Les Djinns s'en repartirent comme ils étaient venus. La mer peu à peu se calmait. Dans le silence revenu, le padishah n'eut pas le temps de pousser un soupir de soulagement. Un étrange bruit amplifié par le vent qui, lui aussi, s'en allait emplit l'atmosphère de cette nuit extraordinaire. La lune sortit de sa cachette de nuages et montra sa face ronde, brillant d'une lumière neuve, lavée par la tempête. Le padishah put alors voir trois sacs que la mer avait ramenés au pied du palais. On aurait dit qu'ils avaient tous trois comme une forme humaine. Le padishah se frotte les yeux, sa vue se brouille. Il cesse de regarder la mer pour interroger le ciel et implorer sa mansuétude. C'est à ce moment précis qu'un oiseau de feu, déployant ses immenses ailes, choisit d'apparaître.

« Le rokh, c'est bien lui, pas de doute possible. C'est son vol puissant. Je sens sa force monstrueuse, capable de soulever un éléphant. Je vois son bec acéré, ses serres démesurées. Ce sont elles qui l'envoient, elles se vengent. Je suis perdu. Adieu, ma mère, je ne vous reverrai plus. »

*

Le cadavre du padishah fut vite retrouvé. Comme les Djinns étaient surnommés « les fils du trépas », la mort du padishah n'étonna personne. Le visage de celui qu'on n'osait pas regarder en face était méconnaissable. Les yeux crevés, les joues labourées de profondes entailles, la gorge tranchée laissaient les enquêteurs de la police secrète impériale perplexes. On fit venir le bourreau, réputé comme le plus habile dans sa spécialité. Son verdict fut sans appel. Ce n'était pas l'ouvrage d'un professionnel, c'était un travail bâclé, pour ne pas dire torché. Mais il se retint de poursuivre ses déclarations pour ne pas offenser les éminents conseillers du défunt.

Il restait un objet énigmatique dont le message ne fut jamais décrypté : le padishah portait en sautoir un étrange collier fait de trois cordons de chanvre liés, pareils à ceux qui avaient fermé certains sacs pleins de sanglots et de cris, jetés, la nuit, en pleine mer.

Une méchante femme
Soledad Lida

Pour ceux qui formaient le cortège de son enterrement, quelle que fût la raison de leur présence ce jour-là — la curiosité, l'ennui, le goût de la vengeance, la crainte de ses dispositions d'outre-tombe — Mina avait été, sans conteste, une méchante femme. Si on leur avait demandé dans quelles circonstances elle l'était devenue, nul n'aurait su le dire avec exactitude, pas plus qu'ils n'auraient été en mesure de reconnaître la jeune fille aux joues creuses et au regard fier, tout juste sortie du pensionnat de la Miséricorde, qui figurait en noir et blanc sur une photographie accrochée, à la vue de tous, au-dessus de la cheminée.

Le salon de Mina tenait lieu tout à la fois de vestibule, de salle à manger, de bureau, de cabinet de travail, de parloir, de fumoir et d'alcôve. Elle y trônait, la pipe au bec, dans un grand fauteuil en rotin, sévère Shiva, nouant et défaisant des vies, entre deux verres de café noir, massive et replète des destins qu'elle avait avalés, un lourd collier — triples serpents — enroulé autour du cou. Il y avait de la harpie dans sa griffe, de l'ogresse dans sa voix, du loup dans son œil. Sous ses cheveux gris, elle gardait intacte la rage qui l'animait dès le réveil et qui enjoignait à tous ses gestes de témoigner contre le monde.

Et voilà que c'était avec mollesse, dans une mansuétude qui l'aurait pour sûr exaspérée, que son corbillard s'ébranlait en direction du cimetière. Quelques mètres plus loin, il longeait le jardin où se trouvait jadis l'institut des sœurs de la Miséricorde. À l'endroit qu'occupait désormais une serre, s'élevait, bien des années plus tôt, le dortoir à la triste figure — literies de fièvre, vasistas désespérément fermés, murs noircis de moisissures. C'était un incendie qui l'avait détruit, emportant dans la cendre, au milieu de la nuit, les âmes des religieuses qui n'avaient pu, dans l'affolement et les fumées, se dépêtrer des verrous. Cela se passait peu de temps après que Mina l'eut quitté ; la ville ne la connaissait pas encore.
De l'autre côté du jardin se dressait l'école communale. D'aucuns dans la foule se rappelaient le jour où, en plein hiver, une main avait brisé tous les carreaux des croisées, pour laisser les écoliers à la chaleur de leurs études. Ils n'eurent pas le temps de s'émouvoir à ce souvenir, car sur le ciel d'automne se découpait devant eux le toit pointu des halles. Pendant des semaines, elles avaient été assiégées : les vivres avaient pourri sur place, certains marchands avaient été ruinés, d'autres privés de leur fonds de commerce, la plupart avaient perdu le goût de l'argent. À peine le cortège avait-il dépassé le marché, qu'on avisa l'enseigne de la pharmacie. Là aussi, Mina avait frappé. Furent confisqués les remèdes antalgiques, les pansements, les bandages, les compresses ainsi que toute la parfumerie, livrant les chairs aux inconforts, douleurs et plaies. Sur le trottoir opposé, surmonté d'un large crêpe — oh, les

patelins — on apercevait, ayant pignon sur rue, le siège du journal local. Il faut savoir qu'un beau matin, il avait été envahi par une colonie de rats, venus disputer de leur appétit rongeur avec chroniqueurs et gazetiers.

En ce point, le convoi dévia vers la gare. Ce n'était pas le chemin le plus court, mais sans doute Mina ne pouvait s'accommoder d'une chaussée étroite. Ceux qui avaient, ces deux derniers lustres, conçu l'idée de se rendre à la capitale, à la montagne ou à la mer, avaient dû apprendre qu'en vertu d'une décision contraire au bon sens, les trains ne marquaient l'arrêt en ville qu'en pleine nuit, le plus souvent entre deux heures et cinq heures du matin. Ceux qui n'étaient pas contents étaient libres de rejoindre à pied, cinq kilomètres en amont, la gare de triage qui, elle, était desservie en journée. Aux abords du chemin de fer, dont elle était le prolongement naturel, se trouvait la maison de tolérance. Mina avait disposé que toutes les filles des grands propriétaires, à l'exception de celles qui auraient renoncé à leurs droits de succession, devraient y séjourner une année, au défi de tenir l'établissement aussi bien que les filles des rues. Peu doutèrent, après cela, que la vertu eût un prix. Tout près de là, l'auberge-restaurant affichait « Fermé » pour la première fois depuis vingt-cinq ans : le maître d'hôtel était tombé dans un sommeil profond, comme il n'en avait jamais connu depuis le soir où, selon une formule convenue, il avait eu le malheur d'affirmer devant Mina qu'il serait toujours à son service. Alors, prenant un virage là où on l'attendait le moins, semblable au poing qui agrippe au dernier instant le fuyard, le corbillard entra dans la grand-rue.

Il déboucha devant l'église. Il va sans dire qu'il n'y eut pas de messe. Cela faisait des années que les mains du curé se couvraient d'urticaire à la pensée des pelletées de fumier dont avait été barbouillée la maison de Dieu, un dimanche de Pâques. On en comptait encore que cela faisait rire. Mais lorsque le cortège passa devant la poste, de nombreuses rancunes remuèrent les cœurs. Mina avait pioché dans les sacs du courrier, prélevant des lettres qu'elle avait fait lire par un crieur public sur la place de l'hôtel de ville. Maints secrets, maints adultères, maintes perfidies avaient été éventés à cette occasion. Ce fut en ce même lieu qu'elle dressa plus tard un bûcher pour les registres d'état civil et que les filiations illustres, comme les plus obscures, s'en allèrent en fumée. En face, les agents du commissariat s'attendaient une fois par an à être roués de coups : avant d'être admis à user de la force, disait Mina, il convient de savoir ce que c'est qu'être à la merci de quelqu'un. En règle générale, de toute la grand-rue, qui courait d'est en ouest, offrant les plus beaux crépuscules du pays, elle n'avait exempté que le soleil couchant.

Voilà qu'on franchissait enfin le portail du cimetière. Mina l'avait fait étendre en longueur, en largeur, en profondeur, mûrissant la mort comme d'autres cultivaient leur champ. Le jour des funérailles, une fois établi qu'elle était bien sous terre, on fut soulagé. Les pleutres osèrent dire tout haut, devant ce colosse éteint, que son existence n'avait pas été, tout compte fait, plus encombrante que les feuilles qui envahissaient l'allée. Aussi ai-je été seule à la pleurer. Je la pleurai longtemps, non sans espoir de ressusciter sa rage. Je la croyais capable d'avoir inventé quelque dispositif cruel pour me faire ravaler mes larmes, elle qui nous avait appris à haïr ce qui est pour mieux aimer ce qui peut être, en nous dépouillant de tout, excepté de l'étincelle qui pourrait le faire advenir. De toute la ville, elle était le brasier ; nous n'en étions, au hasard, que les flammèches.

Lorsqu'elle quitta ce monde, chacun avait envers elle un grief, une gifle reçue, un bien à réclamer… Moi, j'étais en dette. À trente ans, elle ne se souvenait plus qu'elle m'avait sauvé la vie, événement qui fut, c'est naturel, plus crucial pour moi que pour elle. Quoi de plus généreux que d'effacer de sa mémoire qu'un autre a envers soi une obligation absolue ? Sous la fureur dévastatrice de Shiva — harpie au collier de serpents, ogresse, loup, méchante femme — m'apparaissait toujours la jeune fille aux joues creuses qui m'avait arrachée à ce mouroir de fièvres qu'était le dortoir de la Miséricorde. Dans son salon désert, au-dessus de la cheminée, sur cette photographie prise une semaine après l'incendie, c'est sa petite sœur convalescente qu'elle tient par les épaules, fière de l'avoir enlevée au typhus.

Un duo improbable
Timothy Lombard Kirch

Ce chauffeur de taxi m'exaspère à chanter avec sa radio d'aussi bon matin ! Quelle idée de commencer la journée dans une cohue pareille ! Je vais finir par devenir claustrophobe au milieu de ces bouchons s'il ne trouve pas le moyen de nous sortir très vite de là, Charlie et moi ! Et Monsieur Zéro Stress trouve encore le moyen de piquer du nez comme si ce tintamarre de klaxons était une berceuse enfantine ! Monsieur Zénitude dans toute sa splendeur !

Depuis qu'il est entré dans ma vie, rien ne va plus, je dois même me le coltiner à la maison et ce n'est pas évident de vivre avec son collègue de travail. Je ne sais pas où la direction est allée me le chercher. Nous sommes censés représenter une agence de voyages de luxe très réputée qui envoie humains et animaux de compagnie tester les meilleures destinations touristiques pour riches et pas un organisme de formations et de conseils en entreprise spécialisé dans la gestion de conflits et la zénitude au travail.

Mon ancien collègue, Max, était devenu trop vieux pour me seconder, il a dû prendre sa retraite à mon grand regret. Pas facile de se séparer au bout de sept ans de vie commune. Charlie prend beaucoup plus de place que lui avec toutes ses affaires et mes petites habitudes sont totalement chamboulées depuis un mois. Très jeune, trop enthousiaste pour ne pas dire fougueux, il possède un charme bien particulier, surtout lorsqu'il veut se faire apprécier de ces dames, mais il n'a pas encore beaucoup d'expérience. Quelles surprises va-t-il me réserver lors de ce voyage ? Je sens que cette croisière va être longue.

Pour la première fois, nous allons naviguer sur les mers, je ne suis pas un grand fan d'eau. Je ne choisis pas nos destinations, mais on ne va tout de même pas faire les difficiles pour une croisière quatre étoiles. Nous arrivons enfin à l'embarcadère, j'étouffais dans ce taxi, le soleil est déjà bien chaud ce matin. Quel trajet désastreux dans une voiture si inconfortable ! J'avais vraiment hâte de sortir de ce tas de ferraille.

L'installation est rapide, nos bagages sont légers, tout est fourni sur place, le rêve de tout voyageur. Retrouver le confort de sa propre maison en vacances. Ici, c'est encore mieux qu'à la maison ! Ah le luxe, on ne s'en lasse jamais ! Les chambres sont décorées avec goût, à la fois modernes, mais aussi aménagées spécifiquement pour le type d'animal de compagnie sans lésiner sur les dépenses et l'excentricité. Nous avons donc un arbre à chat de deux mètres de haut ainsi qu'une multitude de coussins douillets, griffoirs et plateformes organisées en un gigantesque parcours pour amuser n'importe quel félin même le plus vieux ou le plus paresseux de tous.

Nous nous dirigeons vers la terrasse pour visiter le navire qui a déjà entamé les manœuvres. J'ai un mauvais pressentiment. Le vent se met à souffler intensément et de grandes vagues s'écrasent sur le paquebot, ce bruit de fracas est si fort que je ne m'entends plus penser. La pluie se met à tomber par torrents, nous sommes trempés en quelques minutes. Charlie râle, nous nous empressons de nous abriter. Décidément, cette journée est de pire en pire ! Il ne manquerait plus que j'attrape un rhume ! Notre petite excursion se termine prématurément. L'orage passe pendant le repas, les buffets sont impressionnants, j'ai envie de tout goûter, je commence par les crevettes et fruits de mer, ils sont vraiment exquis et Charlie se régale aussi. Après un repas des plus copieux, nous pouvons à présent faire escale en Corse.

Le port d'Ajaccio est magnifique. Nous visitons la plage de Terre Sacrée, une étendue de galets réputée pour son eau translucide. Je commence presque à regretter la pluie avec les trente-cinq degrés du soleil méditerranéen. Même si je dois avouer que j'aime la chaleur, vingt-cinq me suffisent amplement. Les galets sont brûlants ! Nous courons à toute allure vers l'eau comme de vrais enfants : un homme à la mer et un chat qui se contente de faire trempette. Les vacanciers à proximité rient aux éclats en nous voyant. Après quelques instants de jeux enfantins, une pause s'impose, mais le soleil nous réchauffe vite et nous n'avons qu'une pensée : retourner à l'eau.

Ces petites pierres mouillées me rafraîchissent instantanément. La mer est calme, tiède, d'une limpidité absolue comme si la tempête n'était jamais passée par là. Nous nous avançons lentement pour sentir le doux air marin et nous nous penchons vers l'eau pour en humer toutes ses odeurs. Encore une idée saugrenue de Charlie. Je sens… les algues, les rares petits crustacés, le sel, lorsque tout à coup, une grande vague provoquée par un scooter des mers nous surprend et nous arrose entièrement. Encore un de ces jeunes mal éduqués ! J'avais les yeux fermés, ça m'apprendra à vouloir m'imprégner de tous les parfums que je croise et d'essayer d'adopter la zénitude de Charlie !

L'eau est beaucoup plus salée que les huîtres dégustées ce midi, j'ai l'impression que les cuisiniers ont déversé toutes leurs salières en mer. Au moins, ce n'était pas de l'eau pétillante, j'ai horreur des bulles de gaz qui picotent au palais. Le sel me gratte, je n'en peux plus. Nous rentrons précipitamment au paquebot malgré les protestations de Charlie qui tentait déjà de charmer de jolies vacancières en se faisant dorloter par ces dames qui n'avaient d'yeux que pour lui. Moi aussi j'ai pris une méchante vague, mais tout le monde s'en moque ! Je m'interpose, ses minauderies ont assez duré, il ne faut pas exagérer ! J'ai besoin de boire de toute urgence une bonne eau minérale de grande pureté, j'ai l'impression d'être totalement déshydraté ! Vivement l'hiver que nous allions nous réchauffer devant la cheminée d'un chalet en pleine montagne !

Nous passons le reste de l'après-midi à la gargantuesque piscine du navire. Je m'allonge sur un transat, pas la moindre envie de me laver une seconde fois surtout avec le chlore de l'eau dont l'odeur m'a toujours insupporté, je n'ai plus l'âge de barboter en piscine tel un jeunot. Charlie, comme à son habitude, me laisse tomber pour aller se pavaner au bord de la piscine et charmer les femmes habillées en très petites tenues chics. Avec Max, ça ne se serait jamais passé ainsi ! Nous étions deux vieux ours solitaires qui appréciaient le grand confort et passaient du temps ensemble à profiter des beaux paysages et des randonnées touristiques. Ici, à part des étendues d'eau bleue et des bonnes femmes qui se remaquillent toutes les cinq minutes, il n'y a pas grand-chose d'intéressant.

Un imbécile de sportif trouve le moyen de m'éclabousser avec un de ses sauts d'athlète pile au moment où je commençais à retrouver ma tranquillité. Il en a pris pour son grade ! Ah ces jeunes, ils se croient tout permis, il n'y a plus de respect de nos jours ! Du coup, une vieille grand-mère avec ses aiguilles et ses pelotes de laine m'a volé ma place, elle me guettait depuis un moment ! Je me demande bien ce qu'elle fiche sur ce paquebot ! C'est la seule fripée là au milieu ! Je lui aurais bien fait voler ses pelotes si le chlore ne me brûlait pas tant les yeux ! Nous repartons précipitamment à la cabine pour me nettoyer ! Ils y ont mis la dose ! Il faut dire qu'il y a du monde au mètre carré, c'est pire qu'au Salon du Voyage !

Nous approchons de l'Italie, la chaleur se fait encore plus présente et nous décidons de profiter d'un moment climatisé : massages pour humain et détente animalière sont au programme. Avec cette canicule, j'ai l'impression d'être desséché. Nous passons le début de soirée au bar, complètement déprimés après cette journée périlleuse et commandons une eau bien fraîche. Après une attente interminable, je me retrouve face à un minuscule verre à cocktail pour étancher mon immense soif. Il est tellement petit que j'ai l'impression que la chaleur environnante réchauffe l'eau qui s'évapore à vue d'œil. Cette journée ne pouvait pas terminer plus mal, il n'y a même pas de canapés moelleux dignes de ce nom ! Décidément les croisières ça ne me réussit pas !

Une belle inconnue semble émue par ma détresse et le désespoir de Charlie face à cette longue journée. Elle s'approche vers nous, vide le fond de son verre de Martini rempli de glaçons avec grande élégance, nous sourit, prend mon verre et le dépose à l'intérieur du sien. Mon eau se rafraîchit instantanément et je bois avec grand plaisir sans même prendre le temps de la remercier tellement je rêvais de cette eau bien fraîche. Enfin quelqu'un d'intéressant sur ce rafiot ! Je la remercie vivement avec tout autant d'élégance, attrape un glaçon et commence à me rafraîchir les coussinets et jouer avec.

Charlie discute avec Linda, elle aussi possède un chat des Forêts Norvégiennes. Tout compte fait, cette croisière sera peut-être plus intéressante que prévu. Ce soir, je vais dîner en compagnie de sa Joséphine, ça tombe bien mon nom est Napoléon, il paraît qu'on était fait pour se rencontrer. Charlie n'est peut-être pas si nul avec les femelles !

SOMMAIRE

Je t'ai choisie	4
Poison, prison, libération	15
Histoire d'une vie	28
Et la mer chantera pour toi	34
Bouts-de-Soi	42
Au large de mes émotions	51
Le chat et le curé qui voulait sauver la planète	59
Le bain	69
Synesthésie	72
Les pierres et les formes	79
Deus Ex Machina	87

Rencontres	97
Pirates	108
Rou !	112
Petit Bateau	118
Sauvetage	127
Intime Conviction	136
Cette petite folie qu'on appelle l'amour	141
Joyeux Noël !	151
Quand le padischah n'est pas là...	157
Une méchante femme	166
Un duo improbable	171